AUCASSIN ET NICOLETTE

*Imprimé à 150 exemplaires
dont 100 pour le commerce.*

*Paris.—Imprimé chez Bonaventure et Ducessois,
55, quai des Augustins.*

AUCASSIN

ET

NICOLETTE

Roman de Chevalerie

PROVENÇAL-PICARD

PUBLIÉ AVEC INTRODUCTION ET TRADUCTION

PAR

ALFRED DELVAU

*(Tiré d'un manuscrit du XIIIᵉ siècle, appartenant
à la Bibliothèque Impériale.)*

PARIS

LIBRAIRIE BACHELIN-DEFLORENNE

RUE DES PRÊTRES-SAINT-GERMAIN-L'AUXERROIS, 14

—

M DCCC LXVI

INTRODUCTION

I

O N s'obstine à chercher dans les littératures étrangères des chefs-d'œuvre qu'offre en si notable quantité notre littérature nationale. Les littératures étrangères ont du bon, mais nous avons du meilleur. Quand je veux admirer, je n'ai pas besoin de me déranger: j'ai sous la main, comme type d'épopée, la *Chanson de Roland*, et, comme type de pastorale, *Aucassin et Nicolette*.

La *Chanson de Roland* vaut l'*Iliade*, Théroulde vaut Homère : deux œuvres sœurs, malgré la différence des soleils qui les ont fait éclore ; deux hommes de génie frères, malgré la différence des époques auxquelles ils ont vécu. Nous avons notre poëme épique, et ce n'est pas la *Henriade*, dont je n'ai jamais pu « sentir les beautés, » n'ayant pas l'esprit assez « formé » pour cela.

L'*Iliade* raconte la prise de Troie, — un triomphe. La *Chanson de Roland* raconte la bataille de Roncevaux, — une défaite. Mais je ne sais pas si la défaite n'est pas plus glorieuse que le triomphe ! La bataille de Roncevaux fut le défilé des Thermopyles de ce chevaleresque Léonidas qui avait nom Roland ; elle fut le Waterloo de ce premier Napoléon qui avait nom Charlemagne. Le cœur vous bat en lisant cette sublime agonie d'une poignée de héros combattant contre une armée de deux cent mille Sarrasins ; il vous bat et vous saigne aussi rouge que le noble sang qui sortit à gros bouillons de ces mâles poitrines trouées par le fer des Barbares du midi, comme devaient l'être, huit cents ans plus tard, par le fer des Barbares du nord, les vaillantes poitrines de nos soldats. Ah ! pourquoi le cacherais-je ? moi aussi, comme cet honnête rustre italien dont parle le Pogge, j'ai *naïvement* pleuré, et mes plus chaudes larmes, au récit de la mort de Roland, notre Cid Campéador, cet homme à l'âme géante qu'exaltait l'amour de la patrie plus encore que son respect pour le grand empereur! Oui, au récit de cette catastrophe grandiose, au-dessus de laquelle planera sans cesse, avec le souvenir des victimes, celui du bourreau, le traître Ganelon, j'ai pleuré, — et je ne regrette pas mes larmes; car c'est en le lisant que je me suis senti vraiment fier d'être Français, bien plus qu'en regardant le bronze orgueilleux de la place Vendôme,

Que jamais sans pâlir ne regardent les mères !

Voilà pour la *Chanson de Roland*, qui vaut l'*Iliade* et l'*Odyssée* réunies. *Aucassin et Nicolette* vaut *Daphnis et Chloé*, et son auteur anonyme vaut Longus. Ce sont deux histoires fort simples — et très-dramatiques. Toutes deux ont la saveur et la fleur de fruits mûrs à point, intacts en dedans comme en dessus. C'est une glorification naïve de l'amour, plus fort que la guerre, plus fort que la famille, plus fort que la religion, plus fort que tout. Mais, dans *Aucassin* spécialement, exquisité de ce sen-

b

timent, même dans son épanouissement
tyrannique, souverain, même dans sa ma-
térialité : c'est de l'amour physique pla-
tonisé par une sorte de raffinement volup-
tueux, de délicatesse libertine, — que l'on
me passe cette expression, qu'il me serait
facile de justifier par des exemples. Ce n'est
pas une pastorale de trumeau, une idylle à
la Florian, où le cœur fait entendre son petit
ronron prétentieux et quintessencié : c'est
une belle et forte tendresse, humaine et vivante, qui rend esclaves l'un de l'autre, et
heureux de l'être, deux beaux enfants pleins
de santé, dont le sang coule rouge et chaud.
Vaillant amour ! dont l'expansion, même
dans ses hardiesses, ne peut pas plus scan-
daliser la Morale que ne la peut choquer la
nudité de Daphnis se baignant devant Chloé.

> Dox est li cans, biax est li dis
> Et cortois et bien assis ...

L'éloge est mérité, et l'auteur a bien fait
de se l'adresser à lui-même, — en avance-
ment d'hoirie. La Postérité est une justicière
à la façon du roi Don Pèdre : elle est cruelle
—et elle boite. Comme son jugement tarde
toujours à se manifester, et qu'il ne se mani-

feste au profit des vivants que lorsqu'ils sont morts, le mieux est encore de s'en passer en s'en fabriquant un qui ne blesse personne et qui satisfasse quelqu'un. Quelqu'un, bien entendu, c'est l'auteur.

> Dox est li cans, biax est li dis
> Et cortois et bien assis ...

Très-doux l'un, très-beau l'autre, en effet. Je doute qu'il y ait — je ne dis pas dans notre littérature contemporaine, si pauvre, mais dans toute notre littérature — une page comme celle où l'auteur inconnu fait le portrait de son héroïne en racontant son évasion. Cela vous met l'eau à la bouche : « Ce fu el tans d'esté, el mois de mai, que li jor sont caut, lonc et cler, et les nuis coies et series. Nicholete jut une nuict en son lit, si vit la lune luire cler par une fenestre, et si oï le lorseilnol canter en garding, se li sovint d'Aucasins son ami qu'ele tant amoit.. Ele avoit les caviaus blons et menus recercelés, et les ex vairs et rians, et le face traitice, et le nés haut et bien assis, et les levrètes vermelettes plus que n'est cerise ne rose el tans d'esté, et les dens blans et menus ; et avoit les mameletes dures qui li souslevoient sa

vesteure ausi com ce fuissent dex nois gauges ; et estoit graille parmi les flans, qu'en
vos dex mains le peusciés enclorre ; et les
flors des margerites qu'ele ronpoit as ortex
de ses piés, qui li gissoient sor le menuisse
du pié par deseure, estoient droites noires
avers ses piés et ses ganbes, tant par estoit
blance la mescinete... »

On comprend sans peine qu'Aucassin soit
amoureux de tant de charmes : Nicolette est
bien la plus appétissante fille qui se soit jamais offerte aux lèvres gourmandes d'un
homme. On comprend aussi qu'à son tour
Nicolette soit amoureuse de son amoureux ;
car l'auteur inconnu de cette ravissante pastorale chevaleresque — non par impuis-
sance, mais par un ingénieux raffinement
d'esprit, et pour mieux prouver combien ces
deux beaux enfants sont faits l'un pour l'autre — trace d'Aucassin le même portrait que
de Nicolette, les « dex nois gauges » excep-
tées. L'un est en homme ce que l'autre est
en femme : deux corps fondus en un seul
— comme celui de la nymphe Salmacis et
celui du fils d'Hermès.

Cependant, ce mutuel amour, qui eût attendri des tigres, irrite le comte Garin de

Beaucaire; car les pères, oubliant toujours qu'eux aussi ont été jeunes et accessibles aux sollicitations de la chair, deviennent impitoyables pour les fils qui se permettent de faire ce qu'ils ont fait eux-mêmes, et, l'orgueil du nom et du rang parlant plus haut que la voix des entrailles, ils ne craignent pas de séparer des cœurs qu'ils devraient au contraire rapprocher. Mauvais jardiniers, les pères! ils font des marcottes au lieu de faire des greffes.... Il faut que ce soit un grossier soldat, la *gaite* de la tour où est enfermé Aucassin, qui donne à ce père cruel une leçon de pitié, comme son fils lui a donné une leçon d'honneur en le rappelant au respect de la chose jurée et en l'accablant du mépris que l'on doit aux trahisseurs de serments.

> Dox est li cans, biax est li dis
> Et cortois et bien assis....

Et c'est ainsi de la première ligne à la dernière. Il n'est pas une page d'où ne s'échappent, comme d'un jardin, des parfums de fleurs exquis et des gazouillements d'oiseaux rares, — le jardin de l'amour! On suit ces deux chères créatures emparadisées partout où il leur plaît d'aller, sans songer un seul instant à trouver le chemin long. Nicolette s'échappe courageusement de sa prison et se réfugie dans la forêt, préférant les animaux féroces aux hommes,—plus féroces et plus bêtes que les animaux : on l'accompagne dans sa fuite, tremblant pour elle, ému comme elle, attristé comme elle par l'attente de son ami. Son ami vient, ils se retrouvent, « ils s'accolent et se baisent » : on tressaille des battements de leurs cœurs, on jouit de la félicité idéale — et positive — de leurs âmes. Ils s'en vont par monts et par vaux, s'accolant et se baisant en route, pour passer le temps, au grandissime galop de leur grand diable de cheval—qui par parenthèse a bien l'air d'être l'hippogriffe ailé d'Andromède et de Persée : on court tout haletant derrière ce couple enivré de lui-même; on se laisse emporter dans le tourbillon parfumé où ils roulent, et quand, arrivés sur le bord de la mer, ils montent dans la galiote des marchands, on y monte avec eux pour assister avec eux aux étranges choses du pays de Torlore. Enfin, quand, après des aventures et des mésaventures dont le récit ne lasse

pas un seul instant, ces deux parangons de
jeunesse, de beauté et d'amour, reçoivent la
récompense de leur mutuelle tendresse,
quand ces deux amants s'épousent, on leur
sert de témoin.

II

Tel est le roman d'*Aucassin et Nicolette.*
Je n'ai pas, on le devine, la prétention
d'avoir déniché ce merle blanc littéraire;
pour cela, il aurait fallu me lever plus tôt,
c'est-à-dire naître au commencement du
XVIIIe siècle, au lieu de naître presqu'au milieu du XIXe. Longtemps avant moi, bien
longtemps, un fureteur habile, héritier de
l'ardeur patriotique de dom Rivet et de l'ardeur philologique de DuCange, académicien
par-dessus le marché, Lacurne de Sainte-
Palaye enfin, puisqu'il faut l'appeler par son
nom, avait mis la main sur ce *rara avis,*
un peu lourdement peut-être. « Cet ouvrage,
dit-il dans son Avertissement des *Amours
du bon vieux temps,* se trouve dans un ma-

nuscrit qui a près de 5oo ans d'ancienneté [1].
Il fut composé vers le temps de saint Louis
pour être récité et chanté dans les cours des
rois, et des princes et des seigneurs. Le trouverre ou jongleur qui faisoit le premier rôle,
récitoit à voix haute et sonore l'histoire ou
la fable en prose qui est toujours précédée
par ces mots : *On dit, on chante, on fabloye.*
Ce qui est en vers, précédé des mots : *On
chante*, étoit mis en musique, et se chantoit
sans doute en chœur par la troupe des chan-
teurs à qui le chef donnoit le ton [2]. Un nombre infini d'instruments de toutes espèces,
joués par les jongleurs et les ménestriers de
la même bande, formoit l'accompagnement.

« Tous les vers d'un même chant ou d'une
même suite rimoient ensemble, hormis le
dernier vers; mais les rimes n'en seroient
pas de mise aujourd'hui : outre que la pro-
nonciation étoit fort différente de la nôtre
(car Aucassin rimoit à *is* et se prononçoit

---

[1] Manuscrit n° 2168 du fonds français de la Bibliothèque Impériale, ancien n° 7989² Baluze.

[2] Sur le manuscrit, la musique de ces vers est notée. C'est,
bien entendu, du plain-chant sur la clef d'*ut*, parce que cela se
chantait autrefois comme la séquence se chante encore à l'église
entre l'épître et l'évangile.

Aucassin ou Aucassïs), nos pères se contentoient des assonances, ou de la plus légère ressemblance dans la finale des mots.

« L'attention de ne point faire rimer le dernier vers de chaque reprise avec les précédents semble indiquer un dessein formel d'avertir le trouverre qu'il devoit se préparer à commencer son récit en prose ; c'étoit une espèce de réclame pour le déclamateur qui avoit à reprendre son rôle lorsque le chanteur alloit finir le sien. »

Cela est bien, cela nous édifie[1], et nous en sommes reconnaissants envers Lacurne de Sainte-Palaye. Mais où notre gratitude doit s'arrêter, c'est au seuil même de sa traduction. Malgré le soin qu'il prend de faire

---

[1] A moitié : quelques parties de l'explication du savant académicien restent obscures. Ainsi, quelque envie que j'en aie, je ne saurais lui concéder « le nombre infini d'instruments de toutes espèces » : le *jogleor* ne jouait que de la vielle. Les « instruments de toutes espèces, » dont parle ici Lacurne de Sainte-Palaye, nacaires et flageolets, cors et psaltérions, flûtes et guiternes, servaient aux orchestres, mais non aux accompagnateurs des chansons de geste. Le jongleur était seul pour chanter le poëme composé par le trouvère, et il le chantait en s'accompagnant d'un seul instrument, la vielle, rien que la vielle, mais seulement au commencement et à la fin de chaque *laisse* ou couplet, le récitatif en prose se passant ordinairement de musique.

déclarer par son libraire qu'elle a « obtenu les suffrages distingués » des lecteurs du *Mercure,* nous sommes forcé de lui refuser le nôtre, parce que, contrairement à sa propre déclaration, il n'a pas « rendu scrupuleusement dans la prose la simplicité et la naïveté du dialogue, et, qu'à l'égard de la versification, il n'a pas conservé aussi « exactement » la mesure et les rimes. » C'est *Aucassin et Nicolette,* comme le *Petit Jehan de Saintré* du comte de Tressan est le *Jehan de Saintré* du manuscrit original. Quoiqu'il soit de mauvais goût de médire de ses devanciers, je ne puis m'empêcher de signaler ici, rapidement, les imperfections notoires de la traduction de Lacurne de Sainte-Palaye, — qui eût pu être si parfaite.

Non-seulement ce savant académicien supprime des détails charmants et significatifs,—par exemple les vers où Aucassin parle de l'effet miraculeux produit sur un malade par la vue de la « jambète » de Nicolette, et ce passage où, emporté par sa passion, il fait du Paradis un tableau si peu flatteur, — non-seulement Lacurne supprime ces détails exquis, mais trop souvent il substitue sa propre imagination à celle de l'auteur inconnu qu'il s'était chargé de faire connaître au monde des délicats ; au lieu d'un mot à mot naïf, il nous donne un à peu près pompeux, au lieu d'une traduction une imitation, — ce qui n'est pas du tout la même chose. En veut-on des preuves ? En voici, au hasard :

Le texte porte : « Ele avoit blonde la crigne, » que Lacurne traduit par : « Chevelure blonde et poupine. » Pourquoi *poupine*?

Le texte porte : « Le face cler et traitice, » que Lacurne de Sainte-Palaye traduit par :

> La rose au matin
> N'étoit si fraîche que son teint.

Pourquoi tant de mots quand un seul — *attrayante* — suffit ?

Le texte porte : « Se vos ne le m'afiés, se je ne vos fac jà cele teste voler, » que le savant académicien traduit par : « Je vous fais sauter la cervelle. » D'un coup de pistolet, probablement?

Le texte porte : « Dites li qu'il a une beste en ceste forest, » que Lacurne traduit par *biche*. Une biche est une bête, mais une bête n'est pas toujours une biche — ni un académicien toujours un savant.

Le texte porte : « Je m'en sui bien acaités vers li, » que Lacurne traduit par : « Ma commission est faite. » Pourquoi ne pas ajouter, pendant qu'il y est : « Et la course est payée ? »

Le texte porte : « Et estoit cauciés d'uns housiax et d'uns sollers de buef, fetés de tille[1], » que Lacurne traduit par : « Il avoit des bottes de bois de tilleul. » Je sais bien que tilleul vient de *tilia ;* mais, outre que le paysan rencontré dans la forêt par Aucassin est po-

---

[1] Cette phrase fait partie de l'épisode du bouvier qui a perdu « Roget, li mellor de ses bués, » et que rencontre Aucassin dans la forêt où s'est refugiée Nicolette ; épisode qu'on a déclaré aussi inopportun, aussi inutile que celui du roi de Torelore. Deux hors-d'œuvre, sans doute, mais d'une forte saveur : le premier, simple et grandiose comme une page de l'*Odyssée* ; le second, d'une haute bouffonnerie, renouvelée — non des Grecs — des sauvages. Un roi en gésine, une reine armée en guerre !

Je suis de ceux qui dînent volontiers avec des hors-d'œuvre. D'ailleurs, ce dernier épisode du roi de Torelore va m'aider à prouver l'utilité des inutilités en confirmant l'âge exact du manuscrit unique d'Aucassin, déjà fourni par une étude attentive de son orthographe. Torelore, c'est Aigues-Mortes, « vulgairement appelé le pays de Turelure — dit Lacurne de Sainte-Palaye — à cause des singularités qui regardent le pays et ses habitants ; ceux-ci, presque tous pêcheurs, gagnent leur vie à reculons, marche ordinaire de ceux qui pêchent en retirant leurs filets. C'est un pays, d'ailleurs, où, plus il pleut, plus la

sitivement chaussé de houseaux et de souliers de cuir, Lacurne de Sainte-Palaye aurait dû se rappeler que la *tille* est le produit
du *teillage*, c'est-à-dire de la filasse.

Je pourrais multiplier mes preuves en
multipliant mes citations; mais à quoi bon?
La gloire de Lacurne de Sainte-Palaye n'en
serait pas pour cela diminuée d'un iota, ni
la mienne augmentée d'une panse d'*a*. Il
n'a pas eu, cela est clair, pour le précieux
manuscrit qui nous occupe, tout le respect
qu'il lui devait; il l'a traité un peu trop ca-
valièrement; mais enfin il l'a traité de son

terre est dure, parce que le sable qui fait le sol s'endurcit par
la pluie. Les montagnes de ce pays-là, qui ne sont que de
sable, sont souvent transportées par les vents. C'est enfin un
pays où, plus il fait chaud, plus il gèle, le sel des salines de
Pecais, voisin d'Aigues-Mortes, ne se cristallisant (ce qui est
une espèce de congélation) que par la force de la chaleur.» Or,
Torelore étant Aigues-Mortes, est naturellement le petit port
méditerranéen fondé par Marius, où s'embarqua saint Louis en
1248 et en 1269, et où personne aujourd'hui ne pourrait s'em-
barquer — par cette victorieuse raison que cette ville se trouve,
par suite d'ensablements successifs pareils à ceux dont Bruges
a été la victime, à 8 kilomètres de la mer, assez avant dans les
terres, comme on voit. Or, enfin, saint Louis s'étant embarqué
à Torelore, dans les parages duquel croisent les Sarrasins du
roman d'*Aucassin*, n'est-on pas autorisé à en conclure que ce
roman est contemporain de saint Louis, c'est-à-dire du milieu
du xiiie siècle?

mieux; il a fait pour lui tout ce qu'il était en son pouvoir de faire à une époque où Watteau et Lancret, Boucher et Vanloo, étaient les peintres préférés, et où, pour répondre au besoin de sensations galantes que la Régence avait mis à la mode, le marquis de Paulmy fondait la *Bibliothèque universelle des romans,*—une mascarade littéraire, dans laquelle les farouches héros des légendes carlovingiennes défilent costumés en mousquetaires. On peut regretter qu'il n'ait pas fait davantage, tout en constatant qu'il eût pu faire beaucoup moins. Il y a des intentions qui valent des actions.

III

En ai-je dit assez pour donner à ceux qui ne l'ont encore lue ni dans l'original ni dans la traduction[1], envie de lire cette adorable

[1] Dans l'original, — c'est-à-dire, soit sur le manuscrit de la Bibliothèque Impériale, soit sur le texte publié par Méon, soit enfin sur celui publié par MM. L. Moland et d'Héricault. Dans

pastorale chevaleresque, cette sorte d'idylle héroïque intitulée *Aucassin et Nicolette?* Je le crois,—du moins je l'espère. Pour les tenter davantage du délicat péché de curiosité, j'ajouterai qu'à tous ses titres à l'attention des gens de goût et à la sympathie des gourmets de lettres, elle en tient un dernier en réserve, le plus inattendu de tous : le style dans lequel elle est écrite!

J'avais raison de comparer, ainsi que je l'ai fait en commençant, ce roman d'amour, si chaste et si chaud, au roman rustique de Longus, si chaud et si chaste : les analogies sont nombreuses et frappantes, forme et fond, canevas et broderie. *Daphnis et Chloé* est une histoire grecque racontée par Amyot, écrivain gaulois. *Aucassin et Nicolette* est une histoire provençale racontée par un trouvère du Nord,—des mœurs du pays d'*oc* en langue d'*oil !* un oranger planté en pleine terre picarde! Et, dernière analogie, ou, si l'on veut, dernière coïncidence : le manu-

la traduction,—c'est-à-dire, soit dans celle de Lacurne de Sainte-Palaye, soit dans celle de Legrand d'Aussy (remarquablement défectueuse), soit enfin dans celle de Fauriel, incontestablemen la meilleure.

scrit de *Daphnis et Chloé* de la Bibliothèque Laurentienne de Florence a sa fameuse tache d'encre; le manuscrit d'*Aucassin et Nicolette*, de la Bibliothèque Impériale de Paris, a une déchirure [1] qu'il doit à quelque Paul-Louis trop passionné pour notre vieille littérature ou à quelque rat trop épris de notre vieux parchemin. Solution de continuité dans l'un, lacune dans l'autre! La parenté est complète.

Mais

> No cantefable prent fin,
> N'en sai plus dire.

ALFRED DELVAU.

Paris, 1er mai 1866.

---

[1] Cette déchirure se trouve à la page 66, après « et il erra tant qu'il vint, » et avant « defors et dedens. » Le sens, à peine interrompu, peut être facilement reconstruit, ainsi qu'on le peut voir par les mots que j'ai soulignés dans ma traduction.

Il y a une seconde déchirure, moins grave encore, dans les vers qui suivent.

Ceſt Daucaſin ꞇ de Nicolete.

Qui Bauroit Bons Bers oïr

Del deport du Bieil caitif
De deus biaꝑ enfans petis
Nicholete ꞇ Aucaſins
Des grans paines qͥl ſoufri
Et des proueces qͥl fiſt

AUCASSIN ET NICOLETTE.

Qui veut ouïr de beaux vers,
Amusement d'un vieillard,
Touchant deux chers beaux enfants,
Aucassin et Nicolette,
Rossignolet et fauvette?
Nous allons chanter ici
Les misères qu'il souffrit

1

Por samie a le cler vis.
Dax est li cans/ biax est li dis/
Et cortois e bn̄ asis/
Nus hom nest si esbahis
Tant dolans ni entrepris
De grant mal amaladis
Se il loit ne soit garis
Et de ioie resbaudis

Tant parest douce.

Or dient e content e fabloient.

Et les prouesses qu'il fit
Pour sa mie au clair visage.
Doux, le chant; beau, le récit,
Courtois et bien composés.
Il n'est homme si chagrin,
Si marmiteux, si malade,
Qui ne soit tout resbaudi,
Remis et regaillardi
Par cette histoire amoureuse,
  Tant douce elle est.

Ici l'on dit, conte et fabloie.

i ꝗns Bougars de Dalence faiſoit
guere au conte Garins de Biau/
caire/ ſi grant ⁊ ſi meruelleuſe ⁊
ſi mortel/ ꝗl ne fuſt i. ſeuꝑ iors
aiornes ꝗl ne fuſt as portes ⁊ as murs ⁊ as
Bares de le Bile a c. cheualiers ⁊ a ꝟ. mile ſer/
gens a pie ⁊ a ceual. Si li argoit ſa terre ⁊
gaſtoit ſon pais ⁊ ocioit ſes homs. ⁋Li ꝗns
Garins de Biaucaire eſtoit Bix ⁊ frales/ ſi auoit
ſon tans treſpaſſe. Il nauoit nul oir/ ne ſil/ ne
ſille/ fors Bn ſeul Ballet/ cil eſtoit teꝑ con ie Bs
dirai. Aucaſins auoit a ñ li damoiſiaꝑ/ Biaꝑ
eſtoit ⁊ gens ⁊ grãt ⁊ Biẽ taillies de ganbes ⁊ de
pies ⁊ de cors ⁊ de Bras. Il auoit les cauiaꝑ

Le comte Bougars de Valence faisait si âpre et rude guerre au comte Garin de Beaucaire, qu'il ne se passait pas un seul jour nébuleux sans qu'il en profitât pour se porter aux murs et aux barrières de la ville à la tête de cent chevaliers et de dix mille serviteurs à pied et à cheval, lesquels saccageaient et gâtaient le pays dont ils massacraient les habitants. — Le comte Garin de Beaucaire, qui était vieux et cassé et avait trépassé de beaucoup son temps, n'avait nul héritier, nul fils, nulle fille, fors un seul jouvenceau qui avait nom Aucassin. Aucassin était bel et gent, grand et bien taillé de jambes et de pieds, de corps et de bras. Il avait les cheveux blonds, fins et crespelés, les yeux vairets et riants,

Blons ⁊ menus recerceles/ ⁊ les ex̨ Baırs ⁊ rians/
⁊ le face clere ⁊ tratice/ ⁊ le nes ħaut ⁊ Bıē affıs/
⁊ fi eftoit entecıes de Bones teces/ q̃ŋ lui nē auoit
nule mauuaife/fe Bone nō/ mais fi eftoit faupris
damor q̨ tout Baınc/ q̃l ne Boloit eftre ceualers
ne les armes prendre/ nafer au tornoi/ ne faire
point de q̨nq̨ il deuft.⁋Se pere ⁊ fe mere li di/
foient : Fix̨ car/ pren tes armes/ fe monte el
ceual/ fi deffent te tere/ ⁊ aie tes ħomes/ fil te
Boient entrex̨/ fi defenderont il mix̨ lor cors ⁊ lor
auoirs ⁊ te tere ⁊ le mıue.⁋Pere/fait Aucafins/
queŋ parles Bos ore? ia Dix̨ ne me doins riens
que ie li demant/ quant ere ceualers/ ne monte
a ceual/ ne que Boife a eftor ne a Bataille la ū

---

*le nez haut et bien assis, la face claire et attrayante;
et il était si bien pourvu de qualités qu'il eût été
difficile d'en trouver une mauvaise emmi les bonnes.
Mais il était si fort pris par l'Amour, ce grand
vainqueur, qu'il se refusait à s'occuper d'autre
chose, par exemple à être chevalier, à prendre les
armes, à assister aux tournois, à faire enfin aucune
des choses qu'il dût faire. Son père et sa mère en
étaient marris.— Fils, lui dit un matin le vieillard,
prends tes armes, monte à cheval, défends ta terre,
aide tes hommes. Quand ils te verront au milieu
d'eux, ils auront plus de courage pour défendre leurs
corps et leurs biens, ta terre et la mienne.— Père,
répondit Aucassin, de quoi me parlez-vous là? Que*

ie fiere ceualer ni aultres mi/ se Bos ne me dones
Nicholete me douce amie que ie tant aim. Fix/
fait li peres/ ce ne poroit estre. Nicholete laise
ester/ q ce est Bne caitiue qi fu amenee destrange
tere. Si lacata li Bisqns de ceste Bile as Sa/
rasins/ si lamena en ceste Bile. Si la leuee ꝛ
Bautisie ꝛ faite sa fillole/ si li donra Bn de ces
iors Bn Baceler qi du pain li gaignera par ho/
nor. De ce nastu q faire/ ꝛ se tu femme Bix auoir/
ie te donrai le file a Bŋ roi u a Bn conte. Jl na
si rice home eŋ France/ se tu Bix sa fille auoir/ q
tu ne laies. Auoi! peres/ fait Aucasins/ u est
ore si haute honers eŋ tere/ se Nicholete ma tres
douce amie lauoit/ qele ne fust Bieŋ emploiie eŋ

Dieu ne me donne jamais rien de ce que je lui de-
manderai, si je monte à cheval, si je vais à tournoi
ou à bataille avant que vous ne m'ayez donné vous-
même Nicolette, ma douce amie que tant j'aime ! —
Fils, dit le père, cela ne peut être. Laisse là ta Nicolette, une captive amenée d'étranger pays par les
Sarrasins et achetée par le vicomte de cette ville. Il
l'a élevée, baptisée et faite sa filleule; un de ces
jours il la donnera à quelque brave gars qui lui
gagnera du pain par honneur. De cela, toi, tu n'as
que faire, et quand tu voudras prendre femme, je te
donnerai la fille d'un roi ou d'un comte. Il n'y a si
riche homme en France dont tu ne pusses avoir la
fille, si tu la souhaitais.—Hélas ! père, dit Aucassin,

li? Sele eſtoit enpereris de Colſtentinoble u
Dalemaigne/ u roine de France u Dengletere/
ſi aroit il aſſes peu en li/ tant eſt france τ cor/,
toiſe τ deBonaire τ entecie de toutes Bones teces.

Or ſe cante.

Aucaſins fu de Biaucaire

Du caſtel de Bel repaire.
De Nicolete le Bie faite
Nus Bom ne len puet retraire
Q ſes peres ne li laiſſe.
Et ſa mere le manace

---

il n'est au monde de si riche seigneurie qui ne fût
convenablement occupée, si Nicolette, ma tant douce
amie, la possédait. Elle serait impératrice de Con-
stantinople ou d'Allemagne, reine de France ou
d'Angleterre, qu'elle ne pourrait être plus cour-
toise et plus débonnaire, avec de meilleures mœurs
et de plus saines vertus.

Ici l'on chante.

Aucassin n'a pas de cesse
Que son père ne lui laisse
Nicolette, la bien faite.
Lors, sa mère le menace :
—Ah! pauvre! que veux-tu faire!

Diua! faus/ q̃ ꝟeꝫ tu faire?
Nicolete eſt coîte ⁊ gaie
Ǵetee ſu de Cartage/
Acatee ſu dun ſaiſne.
Puis q̃ mouꝇie te ꝟiꝫ traire/
Prés feme de ħaut parage.
Ꝯere/ ie nen puis eꝆ faire/
Nicolete eſt deꝟoñaire/
Ses gens cors ⁊ ſõ ꝟiaire/
Sa ꝟiautes le cuer meꝆ traire/
ꝟíé eſt drois q̃ ſamor aie.

Ꝯ trop eſt doce.
Ꝺr dient ꝛ content ꝗ faꝟloient.

—Nicolette est cointe et gaie.
—Nicolette, une captive!
Puisque femme tu veux prendre,
Prends femme de haut lignage...
—Mère, je ne puis le faire...
Nicolette est débonnaire;
Son corps gent, son clair visage,
Sont les maîtres de mon cœur.
Il faut que son amour j'aie,
 Car trop est douce!

Ici l'on dit, conte et fabloie.

ant li q̃ns Garins de Biaucaire
vit q̃il ne poroit Aucasin son fil re/
traire des amors Micholete/il traist
au Visconte de le vile q̃i ses hom
estoit/ si lapela. ¶ Sire q̃ns/ car ostes Micholete/
vostre filole/ q̃ la tere soit maleoite dõt ele fu
amenee en cest pais/ car par li pert iou Auca/
sins/ q̃il ne veut estre cheualers/ ne faire point
de q̃aq̃ faire doie; ⁊ sacies biẽ q̃ se ie le puis
auoir/ q̃ ie larderai en vn fu ⁊ vous meismes
pores auoir de vos tote peor. Sire/ fait li vis/
q̃ns/ ce poise moi q̃il i va/ ne q̃il i viẽt a ce q̃il i
parole. Je lauoie acatee de me deniers/ si lauoie
leuee ⁊ bautisie ⁊ faite ma filole. Si li donasse

Quand le comte Garin de Beaucaire vit qu'il ne
pourrait déloger Nicolette du cœur d'Aucassin, il
alla trouver le vicomte de la ville, son vassal, et il
lui dit : —Sire vicomte, il faut au plus tôt nous dé-
barrasser de Nicolette, votre filleule... Maudit soit
le pays d'où elle a été amenée, car à cause d'elle je
perds Aucassin, qui ne veut pas être chevalier et se
refuse à faire ce qu'il doit. Sachez que lorsque je
la pourrai tenir, je la ferai brûler, et vous-même
devrez avoir toute peur pour vous! — Sire, fit le
vicomte, comme à vous il me pèse qu'Aucassin aille
et vienne pour chercher à parler à Nicolette. Je l'ai
achetée de mes deniers, je l'ai élevée, baptisée et faite
ma filleule. Je la voulais donner à femme à quelque

Vn baceler qi du pain li gaegnaſt par honor. De
ce neuſt Aucaſins Vos ſiç q̃ faire/ mais puiſq̃
Voſtre Volẽte eſt z Vos Vos/ ie lenuoierai eη tel
tere z eη tel pais q̃ iamais ne le Vera de ſes eç.
Or gardes Vos/ fait li q̃ens Garins/ grans
maus Vos eη poroit Venir. ¶Il ſe departẽt. Et
li Vieqns eſtoit m̃lt rices hom. Si auoit Vn
rice palais/ pardeuers uη gardiη/ eη Vne
canbre la fiſt metre Nicholete eη Vn haut eſtage/
z Vne Vielle auoec li por conpagnie z por
ſoiſte tenir/ z ſi fiſt metre pain z car z Vin/ z
q̃nq̃ meſtiers for fu. Puis ſi fiſt luis ſeeler coη
ni peuſt de nule part entrer ne iſcir/ fors tãt
q̃il i auoit Vne feneſtre par deuers le gardiη

---

jeune gars qui se fût fait honneur de lui gagner du
pain, ce que n'eût pas su faire Aucassin votre fils.
Puisque votre volonté et votre plaisir sont autres,
je vais envoyer la fillette en telle terre et en tel pays,
que jamais plus Aucassin ne la verra de ses yeux.
—Qu'il en soit ainsi, fit le comte Garin, sinon il vous
en pourrait advenir de grands maux.—Ils se dépar-
tirent. Le vicomte avait un riche palais, clos de
hautes murailles et bordé de jardins ombreux. Il fit
mettre Nicolette au plus inaccessible étage, avec une
vieille pour toute compagnie, et aussi avec une pro-
vision suffisante de pain, de viande, de vin, et géné-
ralement de tout ce dont il pouvait être métier. Puis
il en fit sceller la porte de telle sorte que nul ne pût

aſſes petite dont iſ ſor Benoit Bn peu deſſor.

Or ſe cante.

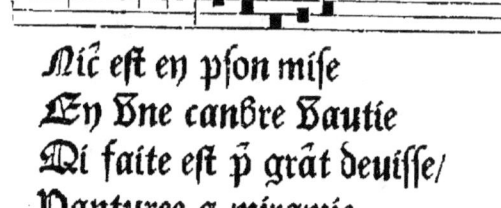

Nić eſt eɲ pſon miſe
Eɲ Bne canbre Bautie
Qi faite eſt p̃ grát deuiſſe/
Panturee a miramie.
A la feneſtre marBrine
La ſapoia la meſcine.
Ele auoit Blōde la crigne/
Et Bié faite la ſorciſſe/
La face clere ꝛ traitice/

---

entrer ou sortir, ne laissant d'autre ouverture
qu'une fenêtre prenant vue sur le jardin, mais trop
étroite pour le passage de l'air pur.

Ici l'on chante.

Nicole est en prison mise,
Dans une chambre voûtée
Faite avec un très-grand art
Et merveilleusement peinte.
A la fenêtre de marbre
S'appuya la jeune fille.
Blonde était sa chevelure,
Bien faits étaient ses sourcils;

Ainc plus bele ne beiftes.
Efgarda par le gardine
Et beift la rofe efpanie
Et les oifay q̃i fe criet.
Dõt fe clama orphenine.
Aimi! laffe moi/ caitiue!
Por coi fui en prifon miffe?
Aucafins/ damoifiay fire/
Ja fui iou li boftre amie/
Et bos ne me haes mie.
Por bos fui en prifon miffe
En cefte cãbre bautie
O ie trai mõt male bie.
Mais par Diu le fil Marie

Sa face, attrayante et chaste :
Jamais plus belle ne fut !
Son regard, dans le jardin,
Vit la rose épanouie
Et les oiseaux qui jouaient.
Lors se plaignit l'orpheline :
—Las ! que je suis malheureuse !
Pourquoi suis-je en prison mise ?
Aucassin, damoiseau sire,
Depuis un long temps déjà
Je suis votre douce amie,
Vous ne me haïssez pas.
C'est pour vous que je suis mise

Longement ni ſerai mie

Se iel puis far.

Or dient ɀ content ɀ faβloient.

ić fu eŋ priſon, ſi q̃ Bós aues oi ɀ entěou/ eŋ le canβre. Li cris ɀ le noiſe ala par tote le tere ɀ par tot le pais q̃ Micβolete eſtoit per/, oue. Li auq̃ant dient q̃ele eſt fuie fors de la tere/ ɀ li auq̃ant dient q̃ li q̃ens Garins de Biaucare la faite mordrir. Qui q̃eŋ euſt ioie/ Aucaſins neŋ fu mie lies/ ains traiſt au Bisq̃ens de la Bile/

En cette chambre voûtée
Où traine ma triste vie;
Mais, par Dieu, fils de Marie,
Longuement n'y resterai,
Si je puis faire!

Ici l'on dit, conte et fabloie.

Ainsi que vous le venez d'ouïr, Nicolette fut donc en prison mise, et bientôt courut dans le pays le bruit qu'elle était perdue. Les uns disaient qu'elle s'était enfuie, les autres assuraient que le comte Garin de Beaucaire l'avait fait mourir. Tout désolé de la joie que cette nouvelle semblait causer à quel-

si l'apela.¶ Sire Visqens caués Vos fait de Ni‑
cholete ma tres dôce amie/ le riens en tot le mont
q̃ ie plus amoie? aues le me Vos tolue ne enVlee?
sacies Vie q̃ se ie en muir/ faide Vous en sera
demãdee/ ꝓ ce sera Vien drois/ q̃ Vos m'aues ocis
a Vos ii. mains/ car Vos m'aues tolu la riens
en cest môt q̃ ie plus amoie.¶ Biay sire/ fait
li q̃ens/ car laisciez ester. Nicholete est Vne cai‑
tiue q̃ i'amenai d'estrãge tere. Si l'acatai de mon
auoir a Sarasis. Si l'ai leuee ꝓ Vautisie ꝓ faite
ma filole. Si l'ai norie/ si li donasce Vn de ces
iors i. Baceler q̃i del pain li gaegnast par honor;
de ce naues Vos q̃ faire. Mais prẽdes le fille
a Vn roi ou a Vn côte. En seur q̃ tot/ q̃ cuideries

---

ques‑uns, Aucassin alla trouver le vicomte de la ville
et lui dit : Sire vicomte, qu'avez‑vous fait de Nico‑
lette, ma tant douce amie, la chose qu'au monde
j'aimais le plus? vous me l'avez enlevée? Sachez
bien que si j'en meurs, rude compte vous en sera
demandé, et cela ne sera que justice, car vous m'au‑
rez tué de vos deux mains en me ravissant la chose
qu'en ce monde j'aimais le plus!...—Beau sire, ré‑
pondit le vicomte, laissez là cette Nicolette indigne
de vous, cette esclave étrangère que j'ai achetée de
mes deniers aux Sarrasins, que j'ai élevée, baptisée,
nourrie, faite ma filleule, et qui est destinée à servir
de femme à un jeune gars de sa condition, à un ga‑
gneur de pain. Vous n'en avez que faire, vous qui

Vos auoir gaegnie/ se Vos lauies asognentee ne
mise a Vo lit? mlt iaries peu conꝗis/ car tos les
iors du siecle en seroit Vo ame en Infer/ ꝗenPa,
radis nenterries Vos ia. ☾ En Paradis/ ꝗai ie a
faire? ie ni ꝗier entrer/ mais ꝗ iaie Nicolete ma
tresdoce amie ꝗ iaim tát. ☾ en Paradis ne Vont
fors teу gens con ie Vos dirai/ il i Vót ci Viel
prestre τ cil Viel clop τ cil máque ꝗi tote ior τ
tote nuit crapét deuant ces auteу τ en ces Vies
croutes/τ cil a ces Vies capes ereses τ a ces Vies
tatecelesVestues/ ꝗi sont nu τ decaus τ estru/,
mele/ꝗi moeurent de faim τ de sei τ de froit τ de
mesaises. Icil Vont eυ Paradis/ aueuc ciaу
nai iou ꝗ faire. Mais en Infer Voil iou aler/

---

pouvez prendre à femme une fille de roi ou de comte.
Au surplus, que croiriez-vous donc avoir gagné si
vous l'aviez faite votre concubine et mise en votre
lit? Un beau résultat, en vérité! car votre âme en
irait éternellement en Enfer, et jamais vous n'entre-
riez en Paradis!—En Paradis? Qu'ai-je donc à y
faire? Je ne cherche pas à y entrer, je veux seule-
ment Nicolette, ma très-douce amie que j'aime tant!
D'ailleurs, en Paradis ne vont que les gens que je
vais vous dire: les vieux prêtres, les vieux éclopés,
les vieux manchots, qui jour et nuit crachent devant
les autels, sous les vieilles cryptes, mêlés aux por-
teurs de vieilles chapes et de vieilles aumusses; tous
ceux, enfin, qui sont nus et déchaux, rongés d'ulcères,

car en Infer vont li bel clerc τ li bel ceualier qi
son mort as tornois τ as rices gueres/ τ li bien
sergāt τ li franc hom. Aueuc ciax voil iou aler.
Et si vont les beles dames cortoises/ q̃ eles ont
ii. amis ou iii. auoec leur barõs. Et si va li
ors τ li argẽs/ τ li vairs τ li gris/ τ si i vont
herpeor τ iogleor τ li roi del siecle. Auoec ciax
voil iou aler/ mais q̃ iaie Nicholete ma tres
douce amie aueuc mi. ❡ Certes/ fait li visqns/
por nient en parleres/ q̃ iamais ne le veres/ τ se
vos i parles τ vos pere le sauoit/ il arderoit τ
mi τ li en un fu/ τ vos meismes porries auoir
tote paor. Ce poise moi/ fait Aucasis. ❡ Isse
se depart del visqens dolans.

---

grelottant de fièvres, mourant de soif et de faim, de
maladie et de misère! Voilà ceux qui vont en Paradis, et je n'ai que faire en leur compagnie! C'est
en Enfer que je veux aller, parce qu'en Enfer vont
les jeunes clercs et les beaux chevaliers, les francs
hommes et les vaillants serviteurs qui sont morts
dans les tournois ou sur les champs de bataille! Avec
ceux-là seulement je veux aller, parce qu'aussi avec
eux y vont, avec leurs amis et leurs barons, les belles
et courtoises dames, toutes vêtues d'or et d'argent,
de gris et de vair, suivies de leurs harpeurs et de
leurs jongleurs, les rois du monde! C'est avec ceux-là
seulement que je veux aller, pourvu que j'y aille avec
ma douce amie Nicolette.... — Vous parlez en vain,

Or se cante.

Aucasins sen est tornes
Molt dolans ⁊ abosmes.
De samie o le vis cler/
Nus ne le puet coforter/
Ne nul bons consel doner.
Vers le palais est ales/
Il en monta li degres.
En vne cabre est entres/
Si comencea a plorer/

---

dit le vicomte; jamais plus vous ne la verrez. Si vous la revoyiez et lui parliez, et que le sût votre père, il nous brûlerait, elle et moi, et vous-même pourriez avoir quelque chose à craindre... — Cela me pèse! fit Auçassin tout dolent, en quittant le vicomte.

Ici l'on chante.

Lors, Aucassin s'en retourne,
L'esprit navré de chagrin
Par l'absence de sa mie,
De sa mie au clair visage,
Qu'il ne pouvait retrouver;
Rien ne le peut conforter.

Et grãt dol a demener.
Et samie a regreter.
Nicholete/ biay esters/
Biay venir ꝛ biay alers/
Biay deduis ꝛ dous parlers/
Biay borders ꝛ biay ioers/
Biay baisiers/ biay acolers/
Por vos sui si adoles
Et si malement menes
Qe ie nen cuit vis aler/

Suer douce amie.

Il s'en va vers le palais,
Dont il franchit les degrés ;
Puis il entre en une chambre
Où ses yeux fondent en eau
Au souvenir de sa mie
Qu'il se prend à regretter :
— Nicolette au beau maintien,
Au bel aller et venir,
Au bel être, au doux parler,
Si belle à rire, à jouer,
A baiser et accoler,
Pour vous je suis affligé
Et si malement mené
Que je crois que j'en mourrai,
Tant douce amie !

Or dient ꝛ content ꝛ fabloient.

ntreus q̃ Aucaſins eſtoit eɲ li canbre
ꝛ iſ regretoit Micholete ſamie/ li q̃ns
Bougars de Valence/ q̃i ſa guere
auoit a furnir/ ne ſoublia mie/ ains
ot mãde ſes homs a pie ꝛ a ceual. Si traiſt au
caſtel por aſalir. Et li cris lieue ꝛ la noiſe/ ꝛ
li ceualer ꝛ li ſergant ſarmẽt ꝛ q̃eurẽt as portes
ꝛ as murs por le caſtel deffendre. Et li bor/
gois mõtent as aleoirs des murs/ ſe ietent
q̃ariax ꝛ peus aguiſies. ⸿ Entroeus q̃ li aſaus
eſtoit grans ꝛ pleniers/ ꝛ li q̃ens Garins de
Biacaire Vint eɲ la canbre u Aucaſis ſai/

Ici l'on dit, conte et fabloie.

Pendant qu'Aucassin se lamentait ainsi dans la chambre, regrettant Nicolette, sa mie, le comte Bougars de Valence, qui avait sa guerre à fournir, n'avait pas perdu de temps. Il avait rassemblé des hommes de pied et de cheval et avait couru assaillir le château, dont les défenseurs, chevaliers et gens d'armes, s'étaient aussitôt rassemblés aux portes et aux murailles, afin de se défendre de leur mieux. Les bourgeois avaient suivi leur exemple, ils étaient montés aux créneaux, d'où ils jetaient à foison flèches et pieux aigus. — Au plus fort de l'assaut, le comte Garin de Beaucaire s'en vint en la chambre où Aucassin menait son deuil et regrettait Nicolette,

foit deu! ꝛ regretoit Micholete fa tres doce amie
q̃ tãt amoit. ❧Ha/ fiꝯ/ fait il/ con par es caitis
ꝛ maleuroꝯ/ q̃ tu Bois con affaut ton caftel tot
le mellor ꝛ le plus fort/ ꝛ faces/ fe tu le pers/
q̃ tu es defiretes. Fiꝯ car/ pren les arme ꝛ mõte
u ceual ꝛ defen te tere/ ꝛ aiues tes home ꝛ Ba a
leftor. Ja ni fieres tu homs ni autre ti. Sil te
Boïẽt entraꝯ/ fi deffenderont il miꝯ lor auoir ꝛ
lor cors ꝛ te tere ꝛ le miue/ ꝛ tu ies fi grãs ꝛ fi
fors q̃ Bien le pues faire/ ꝛ faire le dois. ❧Pere/
fait Aucafins/ q̃eꝲ parles Bos ore? Ja Diꝯ
ne me doinft riens q̃ ie le demãt/ q̃ant ere ceua/,
lers/ ne monte el ceual/ ne Boife eꝲ eftor la u ie
fiere ceualers ne autres mi/ fe Bos ne me dones

---

sa très-douce amie que tant il aimait. — *Ah! fils,
lui dit-il, te voilà pleurant et désolé pendant qu'on
assiége ton château, le meilleur et le plus fort!
Sache que, s'il est pris, tu es déshérité de tout!
Fils, prends tes armes, monte à cheval, mène tes
hommes au combat, défends ta terre!... Il n'est pas
besoin que tu y tues ni que t'y laisses tuer : il suf-
fira que tes gens te voient au milieu d'eux pour en
défendre plus vaillamment leur avoir et leurs corps,
ta terre et la mienne. Tu es grand et fort : il est de
ton devoir d'agir ainsi! — Père, dit Aucassin, de
quoi me parlez-vous là? Que Dieu me refuse tout
ce que je pourrai jamais lui demander, si je consens
à m'armer, à monter à cheval et à risquer de tuer*

Nicolete me doce amie q̃ ie tant aim. ¶ Fix/ dist li pere/ ce ne puet estre/ anceois sofferoie ie q̃ ie seusse tot desiretes/ ɫ q̃ ie perdisse q̃anq geai/ q̃ tu ia leuses a mollier ni a espouse. ¶ Il sen torne. Et q̃ant Aucasins len beit aler/ il le rapela. ¶ Pere/ fait Aucasins/ benes auãt/ ie bos ferai bons conuens. ¶ Et qex/ biax fix? ¶ Je prendrai les armes/ sirai a lestor par tex couens q̃ se Dix me ramaine sain ɫ sauf/ q̃ bos me laires Nicholete ma douce amie tant beir q̃ iaie ii. paroles ou iii. a li par/ lees ɫ q̃ ie laie i. seule foie baisie. ¶ Je lotroi/ fait li peres. Il le creante ɫ Aucasins sa lie.

---

les autres ou d'être tué par eux, avant que vous ne m'ayez donné Nicolette, ma douce amie que j'aime tant! — Fils, dit le père, cela ne peut être. Je consentirais plutôt à être déshérité de tout ce que j'ai, qu'à te la donner pour femme et pour épouse.—Làdessus il s'en allait, quand Aucassin, le rappelant: Père, dit-il, venez, je vous prie, j'ai une chose à vous proposer.—Laquelle, beau fils?— Je prendrai les armes, je monterai à cheval, j'irai au combat, je ferai mon devoir, à la condition que si Dieu me ramène sain et sauf, vous me laisserez parler deux ou trois paroles à ma mie Nicolette et une seule fois la baiser. — Je l'octroie, dit le père en s'en allant et en laissant Aucassin tout joyeux de cette promesse.

Or se cante.

Aucasins ot du baisier
Qil ara au repairier
Por C. M. mars dor mier
Ne li fesist on si lie.
Garnemens deman daciers
On li a aparellies.
Il vest i. aubert dublier
Et lacea li aume en son cief/

Ici l'on chante.

A cause de ce baiser
Qui l'attend à son retour
Aucassin est plus heureux
Qu'avec cent mille marcs d'or.
Belles armures d'acier
Lui sont bientôt apportées.
Il met un double haubert,
Sur son chef lace son heaume,

Ceinst lespee au poin dor mier/
Si monta sor son destrier
Et prent lescu a lespiel/
Regarda andex ses pies
Bien li sissent estriers/
A meruelle se tint ciers.
De sa mie li souient/
Sesperona li destrier.
Il li cort mlt Bolentiers/
Tot droit a le porte ent Bient

A la bataille.

Or dient a content a fabloient.

Ceint l'épée à poignée d'or,
Prend l'épieu et l'écu,
Monte sur son destrier,
Et, regardant à ses pieds,
S'assure en ses étriers,
Et prend une mine fière;
Puis, ressongeant à sa mie,
Éperonne son cheval
Et droit devant lui s'en va
A la bataille.

Ici l'on dit, conte et fabloie.

ucafins fu armes for fon ceual fi con Bos aues oi ɐ entēdu. Diɥ! coɥ li fift li efcus au col/ ɐ li Ɓiaumes u cief/ ɐ li renge de fefpee for le feneftre Ɓance. Ǣt li Ɓalles fu grans ɐ fors ɐ Ɓiaɥ ɐ gens ɐ Ɓiē fornis/ ɐ li ceuaus for qoi il fift rabes ɐ corans/ ɐ li Ɓalles lot Ɓiē abrecie par mi le porte.❡Ɗr ne q̃ibies Bos q̃il penfaft na bues/ na Ɓaces/ na ciures prendre/ ne q̃il ferift ceualer ne autres lui? Ɲenil nient/ onq̃ ne len fouint/ ains penfa tant a Ɲicɓolete fa doce amie q̃il oɓlia fes refnes ɐ q̃aq̃ il but faire/ ɐ li ceuaɥ q̃i ot fenti les efperons lenporta parmi le preffe.❡Ƶe fe lance tres entremi fes

---

Aucassin partit donc, armé comme vous venez de l'entendre. Dieu! comme l'écu lui allait bien au cou, le heaume à la tête et les franges de soie de son épée sur la hanche gauche! Le jeune homme était grand et fort, gent et bien fourni; son cheval était fougueux et rapide: il fut bientôt aux portes du château. N'allez pas croire qu'il songeât le moins du monde à prendre bœufs, vaches ou chèvres, à cueillir la proie, non plus qu'à tuer les assiégeants ou à se faire tuer par eux? Que nenni! Il avait bien autre chose en tête et en cœur: il songeait à Nicolette, sa douce amie, et si obstinément, qu'il négligea de tenir les rênes, et que son cheval, qui avait d'abord senti les éperons, l'emporta au milieu

24

anemis/ ⁊ il getēt les mains de totes pars/ si
le prendent/ si le dessaisisent de lescu ⁊ de le
lance/ si lenmainēt tot estrousemēt pris/ ⁊
aloient ia porparlant de ꝗel mort il seroient
morir/ ⁊ Aucasiɲ lentendi. ⫶Ha/ Diʋ/ fait il/
dolce creature/ sont ceou mi anemi mortel ꝗi ci
me mainēt/ ⁊ ꝗi ia me cauperōt le teste. Et
puis ꝗ iarai le teste caupee/ iamais ne parlerai
a Nicholete me doce amie ꝗ ie tant aim. En/
cor ai ie ci ʋne bone espee/ ⁊ sies sor bon destrier
seiorne/ se or ne me deffent por li/ onꝗ Diʋ ne
li ait/ se iamais maim. ⫶Li valles fu grās ⁊
fors/ ⁊ li ceuaʋ sor ꝗoi il sist fu remuās/ ⁊ il mist
le main a lespee/ si comēce a destre ⁊ a senestre/

---

*de la presse. Ce que voyant, ses ennemis l'entourent
de toutes parts, s'abattent sur lui, lui enlèvent sou-
dainement sa lance et son écu, se demandant déjà
les uns aux autres de quelle mort il fallait le faire
mourir. Aucassin les entendit.—Ah! Dieu! doux
créateur! dit-il. Ce sont là mes ennemis mortels qui
m'emmènent pour me couper la tête! Quand j'aurai
la tête coupée, je ne pourrai plus parler à Nicolette,
ma douce amie que j'aime tant! Mais j'ai encore ma
bonne épée; mon cheval est vigoureux: s'il ne me
sauve pas, que jamais Dieu ne lui aide! — Le jeune
homme était grand et vaillant, son cheval était fougueux: il mit l'épée à la main et commença à frap-
per à droite et à gauche, coupant les heaumes, fen-*

ᷓ caupe ßerm ᷓ naſeus/ ᷓ puins ᷓ bras/ ᷓ fait
ʒɥ caple entor lui autreſi con li ſenglers ǫ̃t li
cien laſalĕt eɥ le foreſt/ ᷓ ǫ̃il lor abat ꝟ. ceua⁄,
lers ᷓ naure ʒii./ ᷓ ǫ̃il ſe iete tot eſtroſeemĕt de
le preſe/ ᷓ ǫ̃il ſeɥ reuient les galopiaꝟ ariere/
ſeſpee eɥ ſa maiɥ. ☾Li ǫ̃ens ʒougars de Ꝺa⁄,
lence oi dire coɥ penderoit Aucaſins ſoɥ anemi/
ſi ʒenoit cele part/ ᷓ Aucaſins ne le meſcoiſi
mie/ il tint leſpee eɥ le main/ ſe le ſiert parmi
le ßiaume ſi ǫ̃i li enbare el cief. Il fu ſi eſtones
ǫ̃il cai a tere/ ᷓ Aucaſins tent le main/ ſi le prĕt
ᷓ lenmaine pris par le naſel del ßiame ᷓ le rent
a ſõ pere. ☾Ꝺere/ fait Aucaſins/ ʒeſci ʒoſtre
anemi ǫ̃i tãt ʒos a gerroie ᷓ mal fait/ ꝟꝟ. ans

---

dant les nasals, abattant têtes et bras, et fit bientôt
autour de lui un cercle rouge comme fait le sanglier
assailli par les chiens au coin d'une forêt. Dix
chevaliers furent ainsi décousus, sept autres furent
blessés grièvement. Incontinent, il se retira de la
mêlée, au galop de son cheval, et retourna en ar-
rière, toujours l'épée à la main. Le comte Bougars
de Valence, qui avait ouï dire qu'on s'était emparé
d'Aucassin, son ennemi, et qu'on allait le pendre,
accourait précisément de ce côté : Aucassin, le re-
connaissant, lui asséna un rude coup d'épée en plein
heaume, si rude qu'il le lui enfonça dans la tête et
que le comte, tout étourdi, chut aussitôt à terre,
d'où Aucassin le releva par le nasal et le conduisit

ia dure ceſte gerre/ onꝗ ne pot ieſtre acieuee par
hom. ℂBiaꝑ fiꝑ/ fait li pere/ tes enſáces deues
Bos faire/ nient baer a folie. Pere/ fait Au/,
caſins/ ne males mie ſermonant/ mais tenes mi
mes couês. Ha/ ꝗeꙝ couês/ biaꝑ fiꝑ? ꝗoi/
pere/ aues les Bos obliees? Par moꞑ cief/ ꝗi ꝗ
les oblie, ie nes Boil mie oblier/ ains me tient mlt
au cuer. Or ne meuſtes Bos eꞑ couêt ꝗ qant
ie pris les armes ꞇ ialai a leſtor/ ꝗ ſe Diꝑ
me ramenoit fain ꞇ fauf/ ꝗ Bos me lairies ꝏli/,
cholete ma dolce amie tât Beir ꝗ laroi ie parle
a li ii. paroles ou iii. ꞇ ꝗ ie laroie i. fois baiſie
meuſtes Bos eꞑ couêt? Et ie Boil ie ꝗ Bos me
tenes. Jo/ fai li peres/ ia Diꝑ ne mait qât la

---

ainsi prisonnier à son père. — Père, dit-il, voici
votre ennemi qui a tant guerroyé contre vous et
vous a causé de si graves dommages, depuis vingt
ans que dure cette guerre que personne n'avait pu
mener à bonne fin.—Beau fils, dit le père, c'est par
de tels exploits que tu dois honorer ta jeunesse au
lieu de songer aux folies qui l'avaient jusqu'ici
obscurcie. — Père, dit Aucassin, ne me sermonnez
pas tant et songez plutôt à remplir votre promesse.
—Quelle promesse, beau fils?—Quoi! père, l'auriez-
vous déjà oubliée? Par ma tête! l'oublie qui voudra;
mais moi, à qui elle tient tant au cœur, je veux m'en
souvenir! N'êtes-vous pas convenu avec moi, lorsque je pris les armes et courus à la bataille que, si

coués Vos en tenrai. Et sele estoit ia ci/ ie l'ar/ deroie en un fu/ & Vos meismes pories auoir tote paor. ¶ Est ce tote la fins? fait Aucasins. Si mait Diu/ fai li pere/ oïl. ¶ Certes/ fait Aucasins/ ce sui mlt dolés qât hom de Vostre eage mêt. Mens de Valence/ fait Aucasins/ ie Vos ai pris? Sire/ Voire/ fait/ a/ Voire/ fai li gens. Bailies cea Vostre main/ fait Au/, casis. Sire/ Volentiers. ¶ Il li met se main en la siue. Ce mafies Vos/ fait Aucasins/ à a nul ior à Vos aies an Vie/ ne pores men pere faire hôte ne destorbier de sen cors ne de sen auoir/ à Vos ne li facies? Sire por Diu/ fait il/ ne me gabes mie/ mais metes moi a

---

Dieu me ramenait sain et sauf, vous me laisseriez baiser une fois Nicolette, ma douce amie, et lui par-ler deux ou trois paroles? Ainsi vous avez promis, père, ainsi devez-vous tenir.—Moi! dit le père. Que Dieu jamais ne m'aide, si je tiens cette folle pro-messe! Votre Nicolette, si elle était ici, je la ferais brûler vive, et vous-même pourriez bien avoir peur! —Avez-vous fini? demanda Aucassin.— Si m'aide Dieu, oui, répondit le père.—Certes, dit Aucassin, je souffre gros de voir mentir un homme de votre âge. Comte de Valence, ajouta-t-il, vous êtes mon prisonnier, n'est-ce pas?—Seigneur, certainement! Ah! certainement! dit le comte.—Baillez-moi votre main, dit Aucassin. – Sire, volontiers, dit le comte

ranceoɲ. Dos ne me fares ia demáder or ni
argét, ceuaus ne palefrois/ ne Bair ne gris/ciés
ne oiſiaꝩ/ q̃ ie ne Bos doinſe. ⁋Comét/ fait
Aucaſins/ e/ ne coniſſies Bos q̃ ie Bos ai pris?
Sire/ oie/ fai li ꝗens Bougars. Ja Diꝩ ne
mait/ fait Aucaſins/ ſe Bos ne le maſies/ ſe
ie ne Bos fac ia cele teſte Boler. Æ noɲ Diu/
fait iⸯ/ ie Bos afie q̃anqiⸯ Bos plaiſt.⁋Jⸯ li
afie/ ꞇ Aucaſins le fait monter ſor Bn ceuaⸯ/
ꞇ iⸯ móte ſor Bn autre/ ſi le códuiſt tát qiⸯ fu
a ſauuete.

Or ſe cante.

---

en mettant sa main dans celle du jeune homme. —
Jurez-moi, dit Aucassin, qu'il ne se passera aucun
jour de votre vie sans que, toutes les fois que vous
aurez occasion de faire honte à mon père, ou lui
causer dommage dans son corps ou dans ses biens,
vous ne le fassiez avec empressement. — Par Dieu!
sire, dit le comte, ne vous gabez pas de moi! Mettez-
moi plutôt à rançon; vous ne sauriez me demander ni
or ni argent, ni chevaux ni palefrois, ni vair ni gris,
ni chiens ni oiseaux, que je ne fusse disposé à vous
donner... — Comment! dit Aucassin, ne reconnais-
sez-vous pas que vous êtes mon prisonnier?—Sire,
oui, répondit le comte Bougars. — Dieu ne m'aide
jamais, dit Aucassin, si, à moins que vous ne me le

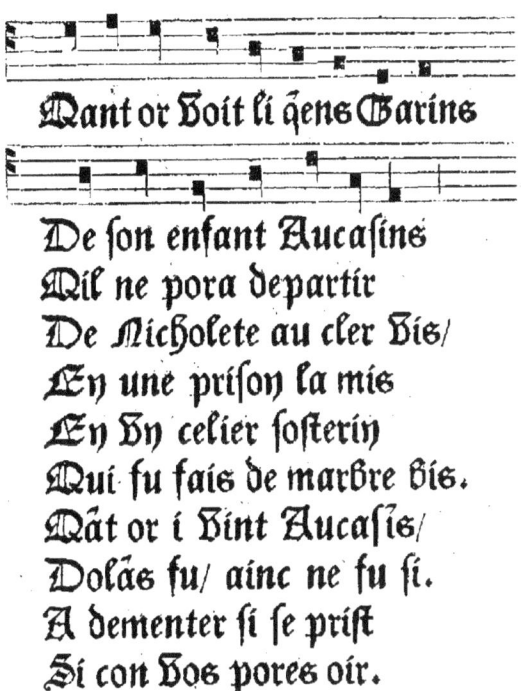

Dant or voit li gens Garins

De son enfant Aucasins
Qil ne pora departir
De Nicholete au cler vis/
En une prison la mis
En vn celier sosterin
Qui fu fais de marbre vis.
Mât or i vint Aucasis/
Dolâs fu/ ainc ne fu si.
A dementer si se prist
Si con vos pores oir.

juriez, je ne vous fais voler la tête d'un coup de
mon épée! — Au nom de Dieu! dit le comte, je vous
jurerai tout ce qu'il vous plaira.—Il le jura. Aucassin le fit monter sur un cheval, monta lui-même sur
un autre, et l'accompagna jusqu'à ce qu'il fût en
sûreté.

Ici l'on chante.

Lorsque le comte Garin
Comprend que son Aucassin
Ne pourra se détacher
De sa mie au clair visage,
Il l'enferme prisonnier
Dans un caveau souterrain

Nicholete/ flors de lis/
Doce amie o le cler vis/
Plus es doce à roisins
Ne à soupe en maserin.
Lautrier vis i. pelerin/
Nes estoit de Limosin/
Malades de lesuertin/
Si gisoit ens en un lit/
Mlt par estoit entrepris/
De grât mal amaladis.
Tu passas deuât son lit/
Si souleuas ton train
Et ton peliceon ermin/
Ta cemise de blanc lin/

Construit tout en marbre brun.
Jamais le pauvre Aucassin
Si dolent n'avait été ;
En gémissant il disait
Ce que vous allez ouïr :
— « Nicolette, fleur de lys,
Chère mie au clair visage,
Plus douce que le raisin,
Meilleure que n'est la soupe !
L'autre jour un pèlerin,
Né natif du Limousin
Gisait tout amaladi
Et comme pris de délire ;
Tu passas devant son lit,

Tant que ta ganßete ßit.
Garis fu li pelerins/
Et tos sains/ ainc ne fu si/
Si se leua de sen lit/
Si rala en sen pais/
Sains ꞇ saus ꞇ tot garis.
Doce amie/ flors de lis/
Biaꝯ alers ꞇ biaꝯ ᵭenirs/
Biaꝯ iouers ꞇ biaꝯ bordirs/
Biaꝯ parlers ꞇ biaꝯ delis/
Doꝯ baisiers ꞇ doꝯ sentirs/
Nus ne ᵭos poroit ḧair.
Por ᵭos sui en prison mis
En ce celier sosterin

En relevant ton manteau
Et ton pelisson d'hermine,
Et ta chemise de lin,
Tant que ta jambette il vit :
Le pèlerin fut guéri!
Plus sain qu'il n'avait été,
Il se leva de son lit
Et regagna son pays,
Joyeux d'être ainsi guéri.
Douce amie! ô fleur de lys!
Belle à l'aller, au venir,
Au jouer, au folâtrer,
Belle au parler, au chanter,
Belle au baiser, au sentir,

Die fac mlt male fin.
Or mi couenra morir

Por Bos/ amie.

Or dient ꝛ content ꝛ fabloient.

ucafins fu mis en prifon fi com
Bos aues oi ꝛ entedu/ ꝛ Nicholete
fu dautre part en le canbre. Ce
fu el tans defte/ el mois de mai/ ꝗ
li ior funt caut/ lonc ꝛ cler/ ꝛ les nuis coies ꝛ
feries. ꝭ Nicholete iut Bne nuict en fo lit/ fi Bit
la lune luire cler par Bne feneftre/ ꝛ fi oi le lor/

Nul ne vous pourrait haïr!
Pour vous je suis en prison
Dans ce caveau souterrain
Où m'attend mauvaise fin.
Mais il me plaît d'y mourir
Pour vous, ma mie!

Ici l'on dit, l'on conte et l'on fabloie.

Aucassin fut donc mis en prison, comme vous
venez de l'entendre; et, d'autre part, Nicolette était
toujours dans la chambre voûtée, prisonnière comme
il était prisonnier. On était en saison d'été, au mois
de mai, où les jours sont chauds, longs et limpides,
et les nuits douces et sereines. Une nuit que Nico-

ſeiſnoſ canter eŋ gardiŋ/ ſe li ſouît d'Aucaſins
ſoŋ ami q̃eſe tãt amoit. Eſe ſe comēcea a poŗ/,
penſer des cõte Garins de Biaucaire q̃i de
mort ſe ħaoit/ ſi ſe penſa q̃eſe ne remanroit pſus
iſec/ à ſeſe eſtoit acuſee ⁊ li q̃ens Garins ſe ſaŗ/
ħoit/ iſ ſe feroit de maſe mort morir. Eſe ſenti
à li ħieſe dormoit q̃i auoec li eſtoit. Eſe ſe ſeua/
ſi ħeſti ħn bſiaut de drap de ſoie q̃ eſe auoit
m̃ſt ħoŋ/ ſi priſt dras de ſit ⁊ touaiſes/ ſi noua
ſun a ſautre/ ſi fiſt ħne corde ſi ſonge come eſe
pot/ ſi ſe noua au piſer de ſe feneſtre/ ſi ſauaſa
contreuaſ ſe gardiŋ/ ⁊ priſt ſe ħeſture a ſune
maiŋ deuãt ⁊ a ſautre deriere/ ſi ſeſcorcea por
ſe rouſee q̃ eſe ħit grãde ſor ſerħe/ ſi ſeŋ aſa

---

lette était couchée, regardant la lune luire claire
par la fenêtre et écoutant jaser le rossignol dans le
jardin, elle se ressouvint d'Aucassin, son ami que
tant elle aimait, et, en songeant à la haine mortelle
du comte Garin de Beaucaire, elle résolut de fuir
pour échapper à la mort qui la menaçait. La vieille,
sa gardienne, dormait : elle se leva, jeta sur ses épau-
les un bon manteau de drap de soie, fit, avec les
toiles de son lit nouées bout à bout, une corde aussi
longue qu'elle put, attacha cette corde à l'appui de
la fenêtre et dévala dans le jardin. Une fois en
bas, l'herbe étant humide de rosée, elle prit sa vêture
de la main gauche par devant et de la main droite
par derrière, se retroussa, et marcha au hasard du

aual le gardin. ❡Ele auoit li cauiaus blons
ꝗ menus recerceles/ ꝗ les eꝫ vairs ꝗ rians/ ꝗ le
face traitice/ ꝗ le nes haut ꝗ bien assis/ ꝗ li le,
ꝗretes vermelletes plus ꝗ nest cerise ne rose el
tans deste/ ꝗ li dens blãs ꝗ menus/ ꝗ auoit les
mameletes dures ꝗi li sousleuoient sa vesteure
ausi com ce fuissent ii. nois gauges/ꝗ estoit graile
parmi les flans/ ꝗ eꝫ vos ii. mains le peuscies
enclore/ꝗ li flors des margerites ꝗle ronpoit as
orteꝫ de ses pies/ ꝗi li gissoient sor le menuisse
du pie par deseure/ estoient droites noires auers
ses pies ꝗ sans gãbes/ tãt par estoit blance la
mescinete. ❡Ele vint au postic/ si le deffrema/
si seꝫ isci parmi les rues de Biaucaire par de,

---

*chemin.—Nicolette avait les cheveux blonds, fins et
crespelés, les yeux vairets et riants, le visage at-
trayant, le nez droit et bien assis, les dents blanches
et menues, les lèvres plus vermeilles que ne sont
cerises mûres et roses épanouies; ses mamelettes
fermes et rebondies pointaient sous sa vêture comme
deux jeunes cerneaux; sa taille, évidée aux flancs,
était d'une gracilité telle qu'en vos deux mains
l'eussiez pu enclore; et, quand elle marchait, légère,
les fleurs des marguerites qu'elle rompait sous ses
orteils et qui lui revenaient sur le cou-de-pied, pa-
raissaient véritablement noires auprès ses jambes et
de ses pieds, tant blanche était la meschinette.—Elle
s'en vint à la poterne, l'ouvrit, s'en alla au hasard*

Bers sonbre/ car la lune luisoit mlt clere/ ꞇ erra
tât ꝗele Bint a le tors u ses amis estoit. Li tors
estoit faele de lius eꞃ lius/ ꞇ ele se ꝗatist deles
luꞃ des pilers. Si sestraint eꞃ soꞃ mantel/ si
mist seꞃ cief parmi Bne creueure de la tor ꝗi
Biele estoit ꞇ anciiene/ si oi Aucasins ꝗi la de/,
dés ploroit ꞇ faisoit mlt grât dol ꞇ regretoit se
doce amie ꝗ tât amoit/ꞇ ꝗât ele lot asses escoute/
si conmencea a dire.

Or se cante.

Nicholete o le Bis cler

dans les rues de Beaucaire, en ayant soin de mar-
cher du côté de l'ombre, la lune luisant claire, et
erra ainsi tant et tant qu'elle arriva à la tour où
était son ami Aucassin, laquelle était flanquée çà et
là de colonnes. Enveloppée dans son manteau, elle
se blottit derrière l'une de ces colonnes, et, au travers
d'une crevasse de la tour, qui était fort vieille, elle
entendit Aucassin mener grand deuil et regretter
sa douce amie que tant il aimait. Elle résolut alors
de se faire entendre de lui.

Ici l'on chante.

*Nicolette au clair visage
S'appuya contre un pilier.*

Sapoia a Un piler/
Soi Aucasin plorer
Et samie a regreter.
Or parla/ dist son penser.
Aucasins/ gentiy z Ber/
Frans damoisiay honores/
Me Bos Baut li dementer/
Li plaindres ne li plurers/
Mât ia de moi ne gores/
Car Bostres peres me het/
Et trestos Bos parentes.
Por Bos passerai le mer/

En entendant Aucassin,
Son ami, pleurer ainsi,
Elle murmura ces mots :
— « Aucassin, gentil baron,
Franc damoiseau regretté,
A quoi sert vous lamenter ?
Pourquoi vous plaindre et pleurer ?
De moi jamais ne jouirez,
Car votre père me hait,
Votre père et vos parents !
Je m'en vais passer les mers
Par delà d'autres contrées !... »
Ayant dit, elle coupa
Une mèche de cheveux

Sirai en altre regnes.
De ses cauiax a caupes/
La dedés les a rues.
Aucasins les prist li ber/
Si les a mlt honeres/
Et baisies a acoles/
En sen sain les a boutes.
Si recoméce a plorer/

Tot por samie.

Or dient a content a fabloient.

Et la jeta dans la tour :
Aucassin s'en empara,
La baisa dévotement
Et la plaça dans son sein
Tout en pleurant âprement
  Pour son amie.

Ici l'on dit, conte et fabloie.

Quand Aucassin eut entendu dire à Nicolette
qu'elle s'en voulait aller en pays étranger, il ne
put que se désoler. — Belle douce amie, lui dit-il,
vous ne partirez pas, vous causeriez ma mort. Qui-

ât Aucasins oi dire Nicholete q̃ele
sen voloit aler en aultre pais/ en
lui not q̃ courecier. ¶ Bele doce
amie/ fait il/ vos nen ires mie/
car dont maries vos mort/ τ li premiers q̃i vos
verroit ne q̃i vos porroit/ il vos prẽderoit lues
τ vos meteroit a sen lit/ si vos asoignẽteroit/ τ
puis q̃ vos ariies ius en lit a hom/ sel mien
non/ or ne q̃idies mie q̃ iatendisse tãt q̃ ie tro,
vasse coutel dont ie me peusce ferir el cuer τ
ocirre. Maie voir/ tãt natenderoie ie mie/ ains
mesq̃elderoie de si lonc q̃ ie verroie vne maisiere/
u vne bisse piere/ si hurteroie si duremẽt me
teste q̃ ien feroie les en voler τ q̃ ie mesceruelleroie

conque vous rencontrerait ne manquerait pas de
vous prendre aussitôt pour lui et de vous jeter en
son lit où il commercerait charnellement avec vous.
Et sitôt que vous seriez couchée dans un autre lit
que dans le mien, ne croyez pas que j'attendisse
jusqu'à ce que je trouvasse couteau pour m'ouvrir
le cœur? Non certes! je me précipiterais du plus
loin que je l'apercevrais contre une muraille ou
une pierre bise, et m'y heurterais si rudement que
je m'en ferais voler les yeux de la tête et que je
m'écervellerais tout. J'aimerais cent fois mieux
mourir d'une telle mort que de vivre vous sachant
couchée dans un autre lit d'homme que le mien! —
Aucassin, dit Nicolette, je ne crois pas que vous m'ai-

tos. Encor aimeroie ie mix a morir de si faite
mort/ q ie seusce q̃ vos euscies iut en lit a hom/
sel mien nō. ¶Aucasins/ fait ele/ ie ne quit
mie q̃ vos mames tant con vos dites/ mais ie
vos am plus q̃ vos ne facies mi. ¶Quoi/ fait
Aucasins/ bele dolce amie/ ice ne porroit estre
q̃ vos mamissies tāt q̃ ie sac vos. Femme ne
puet tāt amer loume con li hom fai le femme/
car li amors de le femme est en sen oel ɼ en sen
le cateron de sa mamele ɼ en sen lortel del pie/
mais li amors del oume est ens el cuer plātee
dont ele ne puet iscir. ¶La u Aucasins ɼ Ni/,
cholete parloient ensāble/ ɼ les escargaites de
le vile venoient tote vne rue/ sauoiēt les espees

---

miez autant que vous dites; mais à coup sûr, je vous
aime plus que vous ne faites.—Hélas! dit Aucassin,
belle douce amie, il ne se peut pas que vous m'ai-
miez autant que je le fais pour vous. Femme ne
peut aimer l'homme autant que l'homme aime la
femme; car l'amour de la femme gît seulement dans
le bouton de ses mamelettes et dans le bout de son
pied, tandis que l'amour de l'homme est dans son
cœur, et si fortement planté que rien ne l'en peut
déraciner. — Comme Aucassin et Nicolette devi-
saient ainsi, survinrent les gardes de nuit de la ville,
marchant l'épée nue sous leurs capes et s'entre-
tenant de Nicolette que le comte leur avait donné
mission d'occire partout où ils la rencontreraient.

traites defos les capes/ car li ꝗns Garins lor
auoit cõmande ꝗ fe il le pooient prẽdre/ qui lo/
cefiffent/ ꝗ li gaite qui eftoit for le tor les Vit
Venir/ ꝗ oi quil aloient de Nicholete parlãt/ ꝗ
quil le maneceoient a occirre. ¶Diu/ fait il/
con grãs damages de fi bele mefcinete fil locient.
Et mlt feroit grãs aumofne fi ie li pooie dire/
par qoi il nes aperceuſcent ꝗ ꝗele fey gardaft/
car fi locient/ dõt iert Aucafins/ mes Damoi/
fiau/ mors/ dont grans damages ert.

Or fe cante.

Li gaite fu mlt Vaillãs/

---

*Le guetteur de la tour, les apercevant et entendant
leurs propos menaçants, murmura d'un ton pitoyable : — Dieu! comme ce serait dommage qu'ils
tuassent si gente meschinette! Il y aurait vraiment
charité à l'avertir de leur présence et de leurs intentions, afin qu'elle pût à temps se garder d'eux;
car s'ils l'aperçoivent, ils la tueront, et s'ils la tuent,
Aucassin, mon damoiseau, en mourra, ce qui serait
grand dommage aussi!...*

Ici l'on chante.

*Le guetteur fut très-vaillant,
Très-courtois et bien appris.*

Preus ꝫ cortois e ſaceans.
Li a comêcie Uns cans
Qui biax fu ꝫ auenâs.
Meſcinete o le cuer franc/
Lors as gent ꝫ auenât/
Le poil blont ꝫ auenant/
Uairs les ex/ ciere riât/
Bie le Uoi a ton ſanblant.
Parle as a ton amât
Qui por toi ſe Ua morât.
Jel te di ꝫ tu lentens/
Garde toi des ſouduians
Qui par ci te Uont qerant/
Sos les capes les nus brans/

Lors, il commença ce chant
D'une voix douce et dolente :
Meschinette au cœur loyal,
Au corps gent et bien plaisant,
Aux cheveux blonds crespelés,
Aux yeux vairets et riants,
Je devine, en te voyant,
Que tu parles à l'amant
Qui pour toi s'en va mourant ;
Je te le dis, entends-moi
Et garde-toi des soudards
Qui te cherchent par ici,
L'acier nu sous leurs manteaux,
Ils ne t'épargneront pas ;
    Garde-toi donc !

Formĩt te dont maneceant/
Toft te feront messeant

Sor ne ti gardes.

Or dient ꝗ content ꝗ fabloient.

e/ fait Nicholete/ lame de teŋ pere
ꝗ de te mere foit eŋ beneoit repos/
qât fi belement ꝗ fi cortoifement le
mas ore dit. Si Diu plaift/ ie
meŋ garderai bĩe/ ꝗ Diŋ meŋ gart. ⸿Ele
feftraint eŋ foŋ mantel eŋ lonbre del piler/ tant
ꝗ cil furêt paffe outre/ ꝗ ele prent congie a Au/

Ici l'on dit, conte et fabloie.

—Ah! répondit Nicolette au guetteur pitoyable,
que l'âme de ton père et celle de ta mère jouissent
éternellement du plus benoit repos, pour m'avoir
si bellement et si courtoisement avertie de danger.
S'il plaît à Dieu, je m'en garderai bien. Que Dieu
m'en garde! — Ayant dit cela, elle s'enveloppa de
son manteau et s'accroupit dans l'ombre du pilier
jusqu'à ce que les gardes de nuit fussent passés.
Alors elle quitta la tour d'Aucassin et marcha à
l'aventure devant elle, tant et si bien qu'elle ne tarda
pas à arriver aux murailles du château. Çà et là, le
mur était rompu, réparé dans cet endroit et lézardé

casins/ si seŋ Ba tât q̃ele Bint au mur bes castel.
Li murs fu depecies/ seſtoit reȝordes/ ꞇ ele
monta deſeure/ si fiſt tant q̃le fu entre le mur ꞇ
le foſſe/ ꞇ ele garda contreual/ si Bit le foſſe m̃lt
parfont ꞇ m̃lt roibes. Sot m̃lt grât paor. CȜe
Diy/ fait il/ douce creature/ si ie me lais cair/
ie Briserai le col/ ꞇ ſe ie remain ci/ oŋ me
prendera demain/ si mardera oŋ eŋ Bŋ fu. Æŋ/,
cor aime ie miy q̃ ie muire ci q̃ tos li pules me
regardaſt demaiŋ a merueilles. CÆle ſegna
soŋ cief/ si ſe laiſa glacier aual le foſſe/ ꞇ q̃ât ele
Bint u fons/ si Bel pie ꞇ ſe Beles mains/ qui
nauoiẽt mie apris coŋ les Bleceaſt/ furẽt qaiſ/,
ſies ꞇ eſcorcies/ ꞇ li ſaŋ eŋ ſali Bieŋ eŋ yii. lius/

---

dans cet autre, trous bouchés ici et crevasses là :
Nicolette monta dessus en s'aidant de ses pieds
comme une chevrette. Mais, quand elle fut en haut
et qu'elle eut regardé en bas, dans le fossé, elle
resta effrayée en voyant combien il était roide et
profond.—Ah! Dieu, murmura-t-elle, doux créateur! si je me laisse choir, je me briserai le cou.
Si je reste ici, demain on me prendra et l'on me
brûlera… Mort pour mort, j'aime encore mieux
risquer de me tuer en me sauvant que de rester pour
servir demain de spectacle au populaire! — Lors,
après avoir fait le signe de la croix sur sa figure,
elle devala le long du mur jusqu'au fond du fossé.
Arrivée là, elle regarda ses beaux pieds et ses

ꝗ ne porꝗât eꝉe ne ſanti ne maꝉ ne doꝉor/ por le
grât paor ꝗeꝉe auoit. Et ſe eꝉe fu eꞑ paine
deꝉ entrer/ encor fu eꝉe eꞑ forceur deꝉ iſcir. Eꝉe
ſe penſa ꝗiꝉeuc ne faiſoit mie ɓoꞑ demorer/ ꝗ
troua ɓꞑ peꝉ aguiſie ꝗ ciꝉ dedens auoient iete
por le caſteꝉ deſſendre. Si fiſt pas ɓꞑ auât
ꝉautre/ tant ꝗeꝉe ſi monta tot a grâs paines/
ꝗeꝉe ɓint deſeure. ℂ Or eſtoit ꝉi fores pres a ii.
arɓaꝉeſtrees/ qui ɓieꞑ duroit ꝛꝛꝛ. ꝉiues de ꝉonc
ꝗ de ꝉe. Si i auoit ɓeſtes ſauuaces ꝗ ſerpêtine.
Eꝉe ot paor ꝗ ſeꝉe i entroit/ ꝗeꝉes ne ꝉoceſiſcent.
Si ſe repêſa ꝗ ſoꞑ ꝉe trouoit iꝉeuc/ coꞑ ꝉe remen/
roit eꞑ ꝉeɓiꝉe por ardoir.

Or ſe cante.

---

belles mains, qui jamais n'avaient appris à être blessés : ils étaient tout meurtris et écorchés et le sang
en ruisselait bien par plus de douze endroits comme
d'autant de petites fontaines. Malgré cela, elle n'en
ressentait ni mal ni douleur, par suite de la grande
peur qu'elle avait eue et de la grande angoisse où
elle se trouvait présentement ; car s'il lui avait été
malaisé de descendre dans le fossé, il devenait
maintenant plus difficile d'en sortir. —La gente pucelle, comprenant qu'il ne faisait pas bon demeurer
là, chercha vitement une issue, et, en cherchant, elle
avisa un des pieux aiguisés que les gens du château
avaient précédemment jetés aux assaillants ; elle le
prit et s'en aida pour escalader le revers du fossé,

Nicholete o le vis cler

Fu monte le fosse/
Si se prent a dementer/
Et Ihesum a reclamer.
Peres/ Rois de Maiste/
Or ne sai qel part aler.
Se ie vois u gaut rame/
Ia me mangeront li le/
Li lion ɑ segler
Dont il i a plente/

mais à grand' peine et seulement en mettant un pied
devant l'autre. La forêt n'était qu'à deux portées
d'arbalète de là ; forêt de trente lieues de long et de
large, hantée à foison par bêtes fauves et serpents
venimeux. Cette pensée fit d'abord reculer d'effroi
la pauvre Nicolette, qui ne se souciait guère d'être
mangée vivante ; mais comme elle ne souciait pas
davantage d'être brûlée vive, elle avança.

Ici l'on chante.

Nicolette au clair visage
Ayant gravi le fossé,
Se mit à se lamenter :
— Père, roi de majesté,
Je ne sais plus où aller !

Et se iatent le ior cler
Con me puist ci trouer/
Li fus sera alumes
Dont mes cors iert enbrases.
Mais/ par Diu de Maiste/
Encor aim iou miu asses
Con me menguvcet li le/
Li lion e li segler/
Con ie voisse en la cite.

Je nirai mie.

Or dient e content e fabloient.

Si je vais au bois touffu,
Des loups je serai mangée,
Des lions ou sangliers
Dont il y a là plantée.
Mais si j'attends le jour clair
Et qu'on me retrouve ici,
On allumera le feu
Dont mon corps sera brûlé !
Ah ! par le grand Dieu du ciel !
J'aimerais encore mieux
Par les loups être mangée
Que par les hommes brûlée
En allant dans la cité !
  Je n'irai mie.

Ici l'on dit, conte et fabloie.

icßolete se bementa mͤt/si com ßos aues oi/ ele se conmanda a Diu/ si erra tͣt ꝗele ßint en le forest. Ele nosa mie parsont entrer por les ßestes sauuaces ꝛ por le serpͤtine. Si se qatist en ßn espes ßusson/ꝛ soumaꝛ li prist/ si sendormi dusquau bemain a ßaulte prime/ ꝗ li pastorel isciret be la ßile ꝛ geterent lor ßestes entre le ßos ꝛ la riuiere. Si se traiͤt bune part a ßne mͤt ßele fontaine qui estoit au cief be la forest/ si estenbirent ßne cape/se missent lor pain sus. ❡Entreus quil mengoient/ꝛ Micßolete sesuelle au cri bes oisiaꝛ ꝛ bes pastoriaꝛ/ si senßati sor aus. ßel enfant/ fait ele/Dame Diꝛ ßos iait.

Après s'être grandement lamentée, ainsi que vous venez de l'entendre, Nicolette, se recommandant à Dieu, entra dans la forêt, sans oser cependant s'y enfoncer trop avant, par peur des fauves et des serpents. A force d'errer, la fatigue la prit, et le sommeil après ; si bien que, se blottissant sous un épais buisson, elle s'y abandonna et dormit jusqu'au lendemain matin. — Vers la première heure du jour, des pasteurs sortirent de la ville, conduisant leurs ouailles, qu'ils mirent paître entre le bois et la rivière. Cela fait, tous ensemble tirèrent vers l'endroit où reposait Nicolette, parce que là sourdait une claire fontaine, et, étendant une cape sur l'herbe, ils placèrent leur pain dessus et commen-

Diu vos benie/ fait li uns qui plus fu enparles
des autres. Bel enfant/ fait ele/ conissies vos
Aucasins le fil le quens Garins de Biacaire.
Oïl/ bien le couniscons nos. Se Diu vos aït/
Bel enfant/ fait ele/ dites li quil a une beste en
ceste forest/ ꞇ qil le viegne cacier/ ꞇ sil li puet
prendre/ il nen donroit mie un membre por c. mars
dor/ ne por v^c./ ne por nul auoir. ¶ Et cil le
regardet/ se le virent si bel quil en furent tot esmari.
Je li dirai/ fait cil qui plus fu enparles des
autres/ de hait ait qui ia en parlera ne qui ia li
dira. C'est fantosmes ꝗ vos dites/ qil na si ciere
beste en ceste forest/ ne cierf/ ne lion/ ne segler/
dont uns des membres vaille plus de dex deniers

---

cèrent leur frugal repas du matin.—Pendant qu'ils
mangeaient ainsi, Nicolette s'éveilla, tant au bruit
de leurs voix qu'au chant des oiseaux juchés dans
les ramures, et, s'avançant vers eux, elle dit :
Beaux enfants, Notre-Dame de Dieu vous soit en
aide ! — Dieu vous bénisse ! répondit celui des pasteurs qui avait la langue la mieux pendue.—Beaux
enfants, reprit Nicolette, connaissez-vous Aucassin,
le fils du comte Garin de Beaucaire? — Oui bien,
nous le connaissons.—Si Dieu vous aide, beaux enfants, dites-lui qu'en cette forêt est une bête merveilleuse, qu'il la vienne chasser, et que, s'il la peut
prendre, il ne donnerait pas un de ses membres pour
cent marcs d'or, ni pour cinq cents, ni pour nul

u de trois au plus/ ⁊ Bos parles de ſi grât
auoir. Ma deħait qui Bos en croit/ ne qui ia ſi
dira. Dos eſtes ſee/ ſi nauons cure de Bo cõ/
paignie/ maiſ tenes Boſtre Boie. Ħa/ bel en/
ſant/ ſait eſe/ ſi feres. Le Beſte a teſe meſine q̃
Aucaſins ert gariſ de ſoŋ meħaig. Æt iai ci
B. ſoſs eŋ me Borſe/ teneſ ſe ſi diteſ/ ⁊ dedenſ
iii. iorſ ſi couïêt cacier/ ⁊ ſe iſ denſ iii. iorſ ne
ſe troue, iamaiſ niert gariſ de ſoŋ meħaig.
Par ſoi/ ſait iſ/ les denierſ prenderonſ noſ/
⁊ ſiſ Bient ci/ nos ſi dironſ/ maiſ no ne ſironſ
ia q̃ere. De par Diu/ ſait eſe.℧Lorſ prent
congie aſ paſtoriauſ/ ſi ſeŋ Ba.

Or ſe cante.

---

autre avoir.— Les pasteurs, à cette parole, regardè-
rent avec attention Nicolette et la trouvèrent si belle
qu'ils en furent émerveillés.—Lui dire cela? répon-
dit celui qui avait la langue la mieux pendue. Mal-
heur à qui lui en parlerait seulement! Ce sont des
chimères que vous nous contez là! Il n'y a dans
cette forêt ni cerf, ni lion, ni sanglier, ni autre bête,
si rare soit-elle, dont un des membres vaille plus de
deux ou trois deniers; et vous parlez d'un plus grand
avoir? Malheur à qui vous croirait et irait répétant
vos paroles! Vous êtes une fée, nous n'avons nulle
cure de votre compagnie: par ainsi, tenez votre voie
et laissez-nous tenir la nôtre. — Ah! beaux enfants,
dit Nicolette, faites ce dont je vous prie. Cette bête

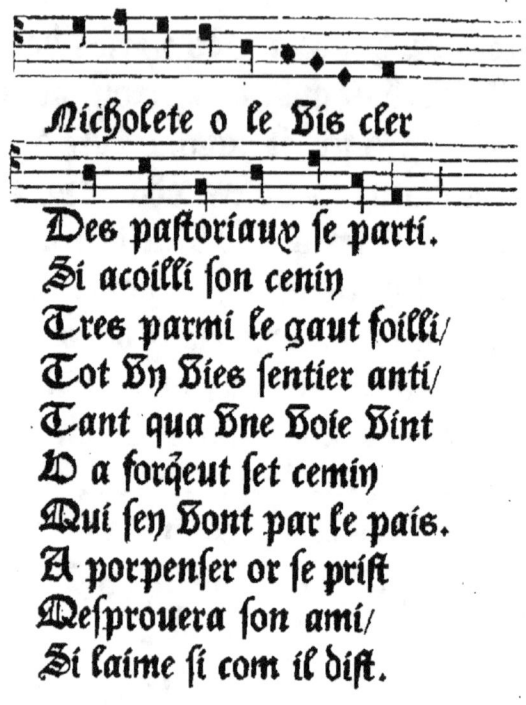

Des paftoriaux fe parti.
Si acoilli fon cenin
Tres parmi le gaut foilli/
Tot Un Uies fentier anti/
Tant qua Une Uoie Uint
O a forgeut fet cemin
Qui fen Uont par le pais.
A porpenfer or fe prift
Defprouera fon ami/
Si laime fi com il dift.

---

merveilleuse a une telle vertu, qu'elle peut guérir
Aucassin de sa maladie d'esprit et le tirer de tour-
ment... J'ai dans ma bourse cinq sols : les voici.
Dites à Aucassin que, sous trois jours, il vienne la
chasser en cette forêt, et que, s'il ne l'a pas trouvée
durant ce temps, jamais il ne sera guéri ni consolé.
— Par ma foi! dit le pasteur, nous allons toujours
prendre les deniers. Si Aucassin vient ici, nous lui
répéterons vos paroles ; quant à l'aller quérir, néant!
— Que Dieu vous aide! murmura doucement Nicolette en prenant congé des pasteurs.

Ici l'on chante.

Nicolette au clair visage
Prit donc congé des pasteurs

Ele prist des flors de lis
Et de lerbe du garris/
Et de le foille autresi/
One bele loge en fist/
Ainq tant gente ne vi.
Jure Diu qui ne menti/
Se par lei vient Aucasins/
Et il/ por l'amor de li/
Ne si repose vn petit/
Ja ne sera ses amis

Nele samie.

Or dient & content & fabloient.

Et commença son chemin,
Parmi la forêt ombreuse,
Le long d'une antique voie,
Jusqu'au prochain carrefour
Où sept routes se fourchaient
S'en allant par le pays.
Là, toute seule et songeuse,
Elle voulut éprouver
L'amour de son Aucassin.
Elle cueillit fleurs de lys,
Fleurs de thym et de bruyère,
Et feuilles pareillement,
Dont elle fit une loge,
La plus belle qu'on eût vue,

icholete eut faite le loge/ si com Vos aues oi ꝗ entēdu/ mlt Vele ꝗ mlt gente/ si lot Vié sorree deહors ꝗ de, dens de slors ꝗ de soilles/ si se repost deles le loge eꞃ Vꞃ espes Vusson por sa, Voir ꝗ Aucasins seroit. ꝗ Et li cris ꝗ li noise ala par tote le tere ꝗ par tot le pais ꝗ Nicholete estoit perdue. Li auquant diēt ꝗele eꞃ estoit suie/ ꝗ li autre diēt ꝗ li ꝗens Garins la saite murdrir. Qui ꝗen eut ioie/ Aucasins neꞃ su mi lies/ ꝗ li ꝗens Garins ses peres le sist metre હors de pri, soꞃ. Si māda les ceualers de le tete ꝗ les da, moiseles/ si sist saire Vne mlt rice seste por ceou quil cuida Aucasins soꞃ sil conforter. ꝗ Moiꝗ

Et jura par Jésus-Christ
Que si son cher Aucassin
Ne venait s'y reposer,
Pour l'amour d'elle, un instant,
Plus ne serait son ami,
Ni plus sa mie.

Ici l'on dit, l'on conte et l'on fabloie.

Quant Nicolette eut construit sa logette et l'eut tapissée en dehors et en dedans de feuilles vertes et de fleurs odorantes, elle se retira un peu à l'écart, sous un buisson, pour observer ce que ferait Aucassin quand il viendrait par là. — Or, le bruit s'était répandu par tout le pays que Nicolette était perdue. Les uns disaient qu'elle s'était enfuie, les autres que

li feſte eſtoit plus plaine/ ꞇ Aucaſins fu apoiies
a Bne puie tot dolãs ꞇ tot ſouples. Qui ꝗ derue/
noſt ioie Aucaſins/ ney ot talent/ ꝗil ni Beoid
rien de ceou ꝗil amoit. ❡ Dns ceuꝗlers le re⸍
garda/ ſi Bint a li/ ſi lapela. Aucaſins/ ſait il/
dauſi fait mal coy Bos aues ai ie eſte malades.
Je Bos donrai boy conſel ſe Bos me Boles croire.
Sire/ ſait Aucaſins/ grãs mercis/ boy conſel
aroie ie cier. Montes ſor By ceual/ ſait il/ ſales
ſelonc cele foreſt eſBanoiier. Si Berres ces flors
ꞇ ces erBes/ ſorres ces oiſellons canter. Par
auenture orres tele parole dont miy Bos iert.
Sire/ ſait Aucaſins/ grãs mercis/ ſi ferai iou.
❡ Jl ſenBle de la ſale/ ſauale les degres/ ſi Bient

---

le comte Garin l'avait fait mourir. Si d'aucuns en
étaient aises, Aucassin ne le fut pas, malgré le soin
que prit son père de le tirer de sa prison et de man-
der aussitôt auprès de lui, pour le distraire par une
fête, tous les chevaliers et toutes les demoiselles de
sa terre.—Au plus brillant de la fête, comme Aucassin se tenait appuyé, tout songeur, sur la rampe
d'une fenêtre, n'ayant nul goût à foller comme tout
le monde, ne voyant là rien de ce qu'il aimait, un
chevalier s'approcha et lui dit :—Aucassin, j'ai été
malade du même mal que vous, et, à cette cause
je puis vous donner un conseil salutaire, si vous me
voulez croire.—Sire, grand merci, répondit Aucassin. J'ai besoin, en effet, de bon conseil et de bon

en l'eftable u fes ceuaus eftoit. Jl fait metre la
fele ⁊ le frain/ il met pie en eftrier/ fi môte/ ⁊
ift del caftel/ ⁊ erra tât quil Bint a le foreft ⁊
ceuaucea tât quil Bint a le fontaine ⁊ troue les
paftoriax au point de none. Sauoiêt i. cape
eftendue for l'erBe/ fi mangoiêt lor paix ⁊ fai/
foiêt m̃lt tres grâs ioie.

Dr fe caute.

Or fafanlêt paftouret

Efmeres ⁊ Martines/

remède.—Montez sur un cheval et allez vers la forêt
prochaine. La vue des vertes herbes, la douce odeur
des fleurs, les joyeuses chansons des oiseaux, tout
vous reconfortera, soyez-en assuré.— Sire, grand
merci : ainsi ferai-je.—Et incontinent, se dérobant
à la compagnie, Aucassin descendit les degrés, alla
à l'écurie, fit placer la selle et le frein à l'un des
chevaux qui y étaient, mit le pied dans l'étrier, monta
sur le noble animal, et sortit du château. Une fois
dehors, il chevaucha tant et tant par la forêt qu'il
s'en vint, sur le point de none, vers la fontaine où
les pasteurs étaient en train de manger leur pain et
de mener grande joie.

Ici l'on chante.

Fruclins ⁊ Joßanes/
Robeccons ⁊ Außries/
Li Uns dift : Bel compaignet/
Diy ait Aucafinet/
Voire/ a foi/ le Bel Ballet/
Et le mefcine au cors corfet/
Qui auoit le poil Blondet/
Cler le Bis/ ⁊ loeul Vairet/
Qui nos dona deneres
Dont acatrons gafteles/
Gaines ⁊ coufteles/
Flaufteles ⁊ cornes/
Macueles ⁊ pipes/

Les pasteurs sont assemblés,
Esmeret et Martinet,
Johannot et Fruclinet,
Aubriet et Robesson.
L'un d'eux dit : Beaux compagnons,
Que Dieu conserve Auçassin !
Vraiment, c'est un plaisant gars !
Qu'il conserve également
La gente et blonde pucelle
Aux yeux vairets, aux dents blanches,
Qui nous donna les deniers
Dont plus tard achèterons
Gâteaux, gaînes et couteaux,
Beaux cornets et belles flûtes,

Diu le garisse.

Or dient ꝗ content ꝗ fabloient.

ät Aucasins oi les paſtoriau/ ſi li
ſouint de Nicholete ſe tres douce
amie quil tãt amoit/ꝗ ſi ſe pẽſa ꝗele
auoit la eſte/ ꝗ il hurte le ceual des
eſperõs/ ſi vint as paſtoriau. ❡ Bel enfant/
Diu vos ait. Diu vos benie/ fait cil qui fu
plus enparles des autres. Bel enfant/ fait il/
redites le canſon ꝗ vos diſies ore. Nos ni di/,
rons/ fait cil qui plus fu enparles des autres/

Beaux pipeaux et beaux maillets.
Dieu le guérisse!

Ici l'on dit, conte et fabloie.

Quand Aucassin entendit parler ainsi les pastou-
reaux, il pensa aussitôt que Nicolette, sa tant douce
amie, était venue là, et, pour s'en assurer, il s'avança
vitement.—Beaux enfants, Dieu vous aide! cria-t-il
aux pasteurs.—Dieu vous bénisse! lui répondit celui
d'entre eux qui avait la langue la mieux pendue —
Beaux enfants, redites-moi la chanson que vous
chantiez tout à l'heure.—Nous ne la répéterons pas,
beau sire, et maudit soit qui d'entre nous vous la
redira! — Beaux enfants, ne me connaissez-vous

deßait ore qui por ßos i cantera/ biaᵹ fire.
Bel enfant/ fait Aucaſins/ eᵑ ne me coniſſies
ßos? Dil/ nos fauons bié à ßos eſtes Auca⸗
fins nos Damaiſiaᵹ/ mais nos ne fomes mie
a ßos/ ains fomes au conte. Bel enfant/ fi
feres/ ie ßos pri. Os por le cuer be/ fait cil/
por qoi canteroie ie por ßos/ fil ne me feoit?
Mât il na fi rice ßom en ceſt pais/ fans le core
le ᵹns Garins/ fil trouoit me bues/ ne mes
ßaces/ ne mes berbis eᵑ fes pres/neᵑ feᵑ formêt/
ᵹil fuſt mie tât ßardis por les eᵑ a creuer/ᵹil
les eᵑ oſſaſt cacier/ ꞇ por qoi canteroie ie por
ßos/ fil ne me feoit? Se Diᵹ ßos ait/ bel eᵑ⸗
fant/ fi feres/ ꞇ tenes diᵹ fols ᵹ iai ci eᵑ ßne

---

point? — Oui bien, sire ; nous savons que vous êtes
Aucassin, notre damoiseau ; mais nous ne sommes
pas à vous : nous sommes au Comte. — Beaux enfants, faites ce que je vous demande, je vous en prie !
— Oh ! par le cœur bœuf ! pourquoi chanterais-je
pour vous, s'il ne me plaît ? Songez qu'il n'y a si
riche homme en ce pays, hormis le comte Garin en
personne, s'il trouvait dans ses blés ou dans ses prés,
mes bœufs, ou mes vaches, ou mes brebis, qui fût
assez hardi pour oser les en chasser, sous peine d'a-
voir les yeux crevés.... — Que Dieu vous soit en aide,
beaux enfants ! Faites ce que je vous demande et
recevez comme loyer les dix sols que voici. — Nous
prendrons les deniers, sire, mais je ne vous chanterai

Borſe. Sire/ les deniers prêderons nos/ mais ce ne Vos canterai mie/ car ien ai iure/ mais ie le Vos canterai ſe Vos Voles. De par Diu/ fait Aucaſins/ encor aim ie miχ conter q̃ nient. Sire/ nos eſtiiens orains ci/ entre prime τ tierce/ ſi mangiens no pain a ceſte fontaine/ auſi come nos faiſõs ore/ τ Vne pucele Vint ci/ li plus Bele riens du monde/ ſi q̃ nos cuidames q̃ ce fuſt Vne fee τ q̃ tot cis Vos eη eſclarci. Si nos dona tãt des ſieη q̃ nos li eumes eη couêt/ ſe Vos Venies ci/ nos Vos deſiſiens q̃ Vos aliſſies cacier eη ceſte foreſt/ q̃il i a i. Beſte q̃/ ſe Vos le poiies prêdre/ Vos neη donriies mie i. des mêbres por V.c mars dargent/ ne por nul auoir/ car li Beſte a tel

rien, l'ayant juré. Tout ce que je puis, c'est de raconter ce que nous avons vu. — De par Dieu! dit Aucassin, j'aime encore mieux ce récit que rien. — Sire, nous étions tantôt, entre prime et tierce, à manger notre pain devant cette fontaine, comme nous le faisons présentement ; une pucelle est venue, la plus belle chose du monde, et telle, que nous crûmes voir une fée et que toute la forêt en fut éclairée. Elle nous a donné tant de ses deniers que nous lui avons promis, si vous veniez par ici, de vous engager à chasser dans cette forêt, et de vous dire qu'il y a quelque part une bête telle que, si vous la pouviez prendre, vous ne donneriez pas un seul de ses membres pour cinq cents marcs d'argent, ni pour

mecine q̃/ se Ꝟos le poes prẽdre/ Ꝟos seres garis
de Ꝟo meſſaig/ ꝛ dedẽs iii. iors le Ꝟos couien
auoir prisse/ ꝛ se Ꝟos ne laues prisse/ iamais
ne le Ꝟerres. Or le cacies se Ꝟos Ꝟoles, ꝛ se Ꝟos
Ꝟoles si le laiscie/ car ie men sui biẽ acuites Ꝟers
li. Ꝟel enfant/ fait Aucasins/ asses en aues
dit/ ꝛ Deꝩ me laiſt trouer.

Or se cante.

nul avoir, et que vous serieꝫ ensuite guéri de votre
mal. Elle a ajouté que si vous n'avieꝫ pas pris cette
bête merveilleuse avant trois jours, jamais plus ne
la reverrieꝫ. Allez donc la chasser, si cela vous plaît;
ne la chasseꝫ pas, si cela vous plaît mieux : je me
suis acquitté de ma promesse envers elle. — Beaux
enfants, vous m'en aveꝫ asseꝫ dit. Dieu permettra
que je la rencontre.

Ici l'on chante.

*Aucassin comprit les mots
De sa mie au clair visage,
Qui sonnèrent dans son cœur.
Lors, quittant les pastoureaux,*

Mlt li entreret el cors.
Des pastoriax se part tost/
Si entra el parfont bos/
Li destriers li anble tost/
Bié lenporte les galos.
Or parla/ sa dit trois mos.
Nicholete o le gent cors/
Por bos sui benus en bos/
Je ne cac ne cerf ne porc/
Mais por bos sui les esclos.
Do boir oeul 7 bos gens cors/
Dos biax ris 7 bos dox mos
Ont men cuer naure a mort/
Se Dex plaist le Pere fort/

Il entre au parfond du bois
Où l'emporte son cheval
Dans un rapide galop.
—Ah! dit-il, le cœur battant,
Ma Nicolette au cœur gent,
C'est pour vous qu'ici je viens!
Je ne chasse biche ou loup,
Je suis seulement vos traces.
Vos yeux vairs, votre corps gent,
Votre voix et vos doux rires,
Ont blessé mon cœur à mort.
Ah! s'il plaît à Dieu le Père,
Nous nous reverrons encore,
Ma douce amie.

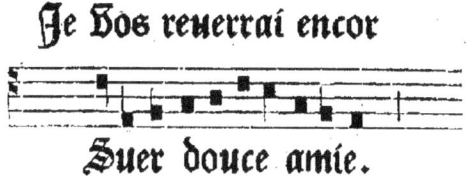

Je vos reuerrai encor

Suer douce amie.

Or dient z content z fabloient.

ucasins ala par le foreft deuers
Nicholete/ z li deftriers lenporta
grāt aleure. Ne cuidies mie q̃ les
ronces z les espines lefparnoiſcēt/
nenil nient/ ains li defronpēt ſes dras q̃ a paines
peuft en noer defus el plus entier/ z q̃ li fanc
li iſci des bras z des coftes z des gans en pl.
lius ou en ррр./ q̃ apres le balles peuft on ſuir

Ici l'on dit, conte et fabloie.

Toujours emporté grande erre par son cheval,
Aucassin s'en allait par la forêt. Ne croyez pas que
les ronces et les épines l'épargnassent en rien. Tout
au contraire, elles lui déchiraient ses vêtements, et
de telle sorte qu'à peine lui en resta-t-il bientôt un
morceau entier. En outre le sang lui partait des
bras, des flancs et des jambes par plus de trente ou
quarante endroits, si bien qu'on eût pu le suivre aux
rougeurs qu'il laissait sur l'herbe, comme un cerf
blessé par le chasseur. Mais Aucassin songeait si
fortement à Nicolette, sa douce amie, qu'il ne sen-
tait ni mal ni douleur, et il alla ainsi toute la jour-

le trace du ſanc qui caoit ſor lerbe. Mais il
penſa tãt a Micholete ſa douce amie/ q̃ ne ſen/,
toit ne mal ne dolor/ τ ala tote ior parmi le
foreſt ſi faitemẽt q̃ onq̃ noi noueles de li. Et
qãt il vit q̃ li veſpres aperceoit/ ſi comencea a
plorer por cou quil ne le trouoit. ❡Tote vne
vies voie erbeuſe ceuaucoit/ il eſgarda deuant
lui enmi le voie/ ſi vit vn valles tel com ie
vos dirai. Grãs eſtoit τ meruellex τ lais τ
hidex. Il auoit vne grãde hure plus noire
qune carbouclee/τ auoit plus de plaine paume
entre ii. ex/ τ auoit vnes grãdes ioes τ vn
grandiſme nes plat/ τvnes grãꝫ narines lees/
τ vnes groſſes leures plus rouges dune car/,

---

née, si âprement, que jamais plus on n'eut de ses
nouvelles. Mais quand il vit que la vesprée appro-
chait et qu'il n'avait encore rencontré ce qu'il cher-
chait avec tant d'ardeur, il commença à mener grand
deuil.—Comme il chevauchait en une vieille voie où
l'herbe croissait haute et drue, il avisa devant lui,
au milieu de cette route, un homme tel que je vais
vous dire. Il était grand, laid et hideux à merveille.
Sa hure, plus noire que viande fumée, était si large
que l'entre-deux de ses yeux avait une pleine paume
de travers. Ses joues étaient énormes, ses narines
aussi, avec un grandissime nez plat; ses grosses
lèvres pendaient, plus rouges que braise, laissant à
découvert de grandes dents jaunes et sales. Chaussé

bounee/ ⁊ ꝟne gräs dens gaunes ⁊ lais/ ⁊ eſtoit
caucies duns houſiaꝯ ⁊ dun ſoUers de Buef fetes
de tille dusꝗ deſeure le genoU/ ⁊ eſtoit apoiies
ſor ꝟne grant macue. Aucaſins ſenBati ſor lui/
ſeut grant paor qät iU le ſoruit. ⸿Biaꝯ frere/
Diꝯ tait. Diꝯ ꝟos Benie/ fait ciU. Se Diꝯ
tait/ ꝗ fais tu iUec? A ꝟos ꝗ monte? fait ciU.
Nient/ fait Aucaſins/ ie neU ꝟos demant ſe por
Bien non. Mais por qoi plores ꝟos/ fait ciU/
⁊ faites ſi fait dueU? Certes/ ſe ieſtoie auſi rice
hom ꝗ ꝟos eſtes/ tos U mons ne me feroit mie
plorer. Ba/ me coniſſies ꝟos? fait Aucaſins.
DiU/ ie ſais Bien ꝗ ꝟos eſtes Aucaſins/ U fiz U
conte/ ⁊ ſe ꝟos me dites por qoi ꝟos plores/ ie

---

de souliers de cuir de bœuf et de houseaux, faîtés
de tille jusque par-dessus le genou, et affublé d'une
cape à double envers, il se tenait appuyé sur une
haute massue. — Beau frère, Dieu t'assiste! dit en
l'apercevant Aucassin, pris de male peur. — Dieu
vous bénisse, répondit l'homme.—Que fais-tu là?—
Que vous importe? — Je ne vous le demandais qu'à
compatissante intention. — Mais vous-même, pourquoi pleurez-vous? Certes, moi, si j'étais aussi riche
homme que vous êtes, rien au monde ne pourrait me
faire pleurer.—Vous me connaissez donc?—Oui, je
sais que vous êtes Aucassin, le fils du Comte; et si
vous me dites pourquoi vous menez si grand deuil, à
mon tour je vous dirai ce que je fais ici. — Je vous

Bos dirai q̃ ie fac ci. Certes/ fait Aucasins/ ie le Bos dirai mlt Bolentiers. Je Bing ħui matin cacier en ceste forest/ sauoie Un blan leurier/ le plus bel del siecle/ si lai perdu/ por ce plor iou. Os/ fait cil/ por le cuer q̃ cil Sires eut en sen Ventre/ q̃ Bos plorastes por Un cien puant. Mal deħait ait qui iamais Bos prisera/ qãt il na si rice ħom en ceste tere/ se Bos peres len mandoit v. u pB. u vv./ quil ne les eust trop Bolentiers/ ꝛ sen esteroit trop lies. Mais ie doi plorer ꝛ dol faire. Et tu/ de qoi/ frere? Sire/ ie le Bos dirai. Jestoie luies a Un rice Bilain/ si cacoie se carue/ iB. Bues i auoit. Or a iii. iors q̃il mauint Une grãde malauenture q̃ ie perdi

---

le dirai bien volontiers. Je suis venu ce matin chasser en cette forêt; j'avais un lévrier blanc, le plus beau de la terre, je l'ai perdu : voilà pourquoi je pleure. —Quoi! par le cœur qu'eut en son ventre Notre Seigneur Jésus-Christ! c'est à pleurer un chien puant que vous dépensez les larmes de vos yeux ! Maudit soit qui vous plaindra, vous, à qui tout riche homme de ce pays serait trop heureux de donner quinze ou vingt lévriers blancs, si votre père les lui demandait! Moi, je fais douleur pour chose plus amère. — Laquelle, frère ? — Je vais vous la dire, sire. J'étais loué à un riche vilain dont je conduisais la charrue attelée de deux paires de bœufs. Il y a trois jours, par grande malaventure, j'ai perdu

li mellor de mes Bues/ Roget/ le mellor de me carue. Si le Bois querant/ si ne mangai ne ne bus iii. iors a passes/ si nos aler a le Bile/ con me metroit en prison/ q̃ ie ne lai de qoi saure. De tot l'auoir du monde nai ie plus Baillāt q̃ Bos Bees sor le cors de mi. One lasse mere auoie/ si nauoit plus Baillāt q̃ Bne q̃eutisele/ si li a en sacie de desou le dos/ si gist a pur lestrain. Si men poise asses plus q̃ de mi/ car auoirs Ba ꝛBient/ se iai or perdu/ ie gaaignerai Bne autre fois/ si sorrai mon Buef q̃āt ie porrai/ ne ia por ceou nen plouerai. Et Bos plorastes por Bn cien de longaigne. Mal deßait ait qui iamais Bos prisera. Certes tu es de boṇ confort/ biav

---

Roget, le plus beau et le meilleur animal qui ait jamais tracé de sillon. J'ai laissé ma charrue et je m'en suis allé çà et là, quérant le bon animal, mais sans le retrouver. Voilà trois jours passés que j'erre ainsi, sans boire ni manger, n'osant retourner à la ville, où l'on me mettrait en prison, car je n'ai pas de quoi payer. Mon seul avoir consiste en ce que vous me voyez sur le corps. J'ai une mère aussi pauvre que moi, puisqu'elle n'avait rien de plus vaillant qu'un vieux matelas qu'on lui a arraché de dessous le dos; maintenant elle couche sur la paille. Son état me poigne plus que le mien propre; car l'argent va et vient, si j'ai perdu aujourd'hui, je gagnerai une autre fois et je payerai mon bœuf

frere/ q̃ benois foies tu. Et q̃ valoit tes bues?
Sire/ .xx. fols men demãde on/ ie nen puis mie
abatre vne feule maaille. Or bien/ fait Au/,
cafins/ .xx. fols q̃ iai en me borfe/ fi fol ten buef.
Sire/ fait il/ grans mercis/ ꝛ Diu vos laift
trouer ce q̃ vos queres. ¶ Il fe part de lui.
Aucafins fi ceuauce. La nuit fu bel ꝛ coie/ ꝛ
il erra tãt quil vint   defors ꝛ de/,
dens ꝛ par defeure ꝛ deuãt de flors/ ꝛ eftoit fi
bele q̃ plus ne pooit eftre. Qãt Aucafins le
apercut/ fi farefta tot a vn fais/ ꝛ li rais de le
lune feroit ens. E Diu/ fait Aucafins/ ci fu
Nicholete me doce amie/ ꝛ ce fift ele a fes beles
mains. Por le doucour de li ꝛ por famor me

___

aussitôt que je le pourrai. Ce n'est pas pour si peu
que je pleurerai jamais. Et vous pleurez pour un
chien crevé! Ah! malheur à qui vous plaindra! —
Tu m'es d'un bon réconfort : béni sois-tu, mon
frère! Et, que valaient tes bœufs? — Sire, on m'en
demande vingt sols, et je n'en puis faire rabattre
une seule maille. — Tiens, dit Aucassin, voilà vingt
sols que j'ai en ma bourse : paye ton bœuf. —
Sire, grand merci, et que Dieu daigne vous laisser
trouver ce que vous cherchez! répondit l'homme en
s'en allant. — Aucassin poursuivit sa voie. La nuit
était coite et belle. Il chevaucha pendant un long
temps, et, après avoir chevauché ainsi de sentier en
sentier, il arriva à la logette de Nicolette. Dehors et

descendrai ie or ci τ mi reposerai anuit mais.
❡ Il mist le pie fors de lestrier por descendre/ τ
li ceuaus fu grâs τ haus. Il pensa tât a Ni/,
cholete se très douce amie/ quil cai si duremêt
sor Dne piere à lespaulle li Dola hors du liu.
Il se senti mêt blecie/ mais il sefforcea tât au
miy quil peut/ τ atacea son ceual a lautre
main a Dne espine. Si se torna sor coste/ tât
quil Dint tos souuins en le loge. Et il garda
parmi i. trau de le loge/ si Dit les estoiles el
ciel/ sen i Dit i. plus clere des autres/ si co/,
mêcea a dire.

Or se cante.

---

dedans, devant et derrière, il y avait force fleurs
odorantes à merveille et réjouissantes pour les yeux.
Grâce à un rais de lune, Aucassin aperçut cette
plaisante retraite, et il s'arrêta tout à coup.—Ah!
Dieu! ce ne peut-être que Nicolette, ma tant douce
amie, qui a fait cela de ses belles mains. A cause
d'elle et en mémoire d'elle je vais descendre et m'y
reposer cette nuit-ci.—Disant cela, Aucassin mit le
pied hors de l'étrier pour descendre de son cheval
qui était très-grand et très-haut. Mais, tout entier à
Nicolette, sa tant douce amie, il ne prit pas assez
garde à lui-même, et cela le fit choir sur une pierre,
si durement que l'épaule en sortit de sa gaîne. Pour
blessé qu'il était, il se releva, s'efforçant de son

68

Estoilete, ie te boi

Q le lune trait a soi,
Nicholete est auec toi,
Mamiete o les blont poil.
Je cuid q̃ Dix le veut auoir
Por la biaute........

. . . .

. . . .

Q q̃ fust du recaoir,
Q fuisse lassus o toi.
Ja te baiseroie estroit.

---

mieux, et, après avoir de son bon bras attaché son cheval à un fourré voisin, il entra en rampant dans la logette, s'y coucha sur l'odorante litière qui s'y trouvait, et regarda le ciel bleu et les étoiles d'or à travers un trou ménagé au plafond de cette douce retraite. Comme il regardait, ainsi étendu, il vit une étoile plus vive et plus claire que les autres. Lors, soupireux et attendri, il commença à dire :

Ici l'on chante.

Claire étoile que je vois
Reluire autour de la lune,
Ma miette au poil si blond,
Nicolette, est avec toi !

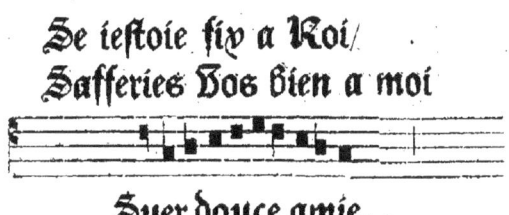

Se ieſtoie ſiу a Roi/
Saſſeries ꝰos ꝗen a moi

Suer douce amie.

Or dient a content a ſaꝗloient.

ât Micꝗolete oi Aucaſins/ ele ꝩint
a lui/ car ele neſtoit mie lonc. Ele
entra eꞃ la loge/ ſi li geta ſes ꝗras
au col/ ſi le ꝗaiſa a acola. ꝭꝗiaꝺ
dous amis ꝗiẽ ſoiies ꝰos troues. Et ꝰos/ ꝗele
douce amie/ ſoiies li ꝗiẽ trouee. Il ſentreꝗaiſſét

Dieu la veut sans doute avoir
A cause de sa beauté
A nulle autre non pareille
Pour orner son paradis.
Ah ! quoi qu'il dût m'advenir
En retombant sur la terre,
Qu'à cette heure je voudrais,
Nicolette, être avec toi !
Je t'accolerais, ma mie,
Lèvre à lèvre, étroitement.
Doucement et tendrement
Fussé-je donc fils de roi,
Tu serais digne de moi,
      Tant douce amie !

a acolet/ si fu la ioie bele. Ha/ douce amie/
fait Aucasins/ iestoie ore mlt blecies en mes/,
paulle/ a or ne sens ne mal ne dolor pui q ie
vos ai. Ele le portasta a troua quil auoit
lespaulle fors du liu. Ele le mania tat a ses
blances mains/ a porsacea si com Diu le vaut/
qui les amas aim/ qele reuint a liu/ a puis si
pris des flors a de lerbe fresce a des fuelles
verdes/ si le loia sus au pan de sa cemise/ a il fu
tot garis. Aucasins/ fait ele/ biaus dous amis/
prendes consel q vos feres. Se vos peres fait
demain cerquier ceste forest a on me treuue/ q
q de vos auiegne/ on mocira. Certes/ bele
douce amie/ ien esteroie mlt dolans/ mais se ie

Ici l'on dit, conte et fabloie.

*En entendant Aucassin, Nicolette, qui n'était pas
loin, accourut dans la logette, et, jetant ses beaux
bras autour du cou de son ami, elle l'accola et le
baisa le plus tendrement du monde. — Beau doux
ami, lui dit-elle, soyez le bien retrouvé! — Et vous,
belle douce amie, soyez la bien retrouvée aussi! — Ils
s'entre-baisèrent et accolèrent de nouveau, et leur
joie fut infinie. — Ah! douce amie, murmura Aucassin, j'étais grièvement blessé à l'épaule; mais maintenant que je vous ai, je ne sens plus ni mal ni douleur. — Nicolette, l'entendant, le tâta et s'aperçut
qu'en effet il avait l'épaule hors de sa gâine. Lors,*

puis/ il ne ꝟos tenront ia.⁊Il monta ſor ſoɲ
ceual/ ⁊ prent ſamie deꝟât lui/ ꝟaiſant ⁊ aco/,
lant/ ſi ſe metêt aꞇ plaîne canꞇ.

Or ſe cante.

Aucaſinꞇ li ꝟiax/ li ꝟlonꞇ/

Li gentix/ li amourouꞇ/
Eſt iſſuꞇ del gaut parſont/
Entre ſeꞇ ꝟraꞇ ſeꞇ amoꞇꞇ

---

de ses blanches mains, elle fit tant et tant, qu'avec
l'aide de Dieu, toujours pitoyable aux amants, elle
remit en place le membre désajusté. Puis elle appli-
qua dessus une poignée d'herbes fraîches et de fleurs
odorantes enveloppées dans un pan de sa chemise,
et Aucassin fut guéri. — Aucassin, beau doux ami,
dit-elle, qu'allez-vous faire présentement? Si votre
père fait battre cette forêt demain, on nous trou-
vera, et alors, quoi qu'il advienne de vous, tenez
pour certain que moi je serai tuée. — Certes, belle
douce amie, répondit Aucassin, et j'en serais grandement marri; mais tant que je le pourrai, je vous
défendrai et préserverai. — Cela dit, il monta sur
son cheval, mit sa mie devant lui, le long de son

Deuât lui for fon arfon.
Les eψ li baife ɑ le front/
Et le bouce ɑ le menton.
Ele la mis a raifon/
Aucafins/ biaψ amis doψ/
Eη ǧele tere eη irons nos.
Douce amie/ ǧ fai iou.
Moi ne caut u nos aillons/
Eη foreft u eη deftors/
Mais ǧ ie foie auec Bos.
Paffêt les baus ɑ les mons
Et les biles ɑ les bor/
A le mer binrêt au ior/
Si defcendêt u fablon

---

cœur, la baisant et accolant, et ils s'en allèrent ainsi
à travers champs,

Ici l'on chante.

Aucassin le beau, le blond,
Le damoisel amoureux,
Est sorti du bois profond,
Ses amours entre ses bras,
Devant lui, sur son arçon.
Il la baise aux yeux, au front,
Sur la bouche et le menton.
Mais bientôt vient la raison :
— Aucassin, beau doux ami,
En quelle terre irons-nous ?

es le riuage.

Or dient τ content τ fabloient.

ucaſins fu deſcendus · entre lui τ
s'amie/ſi com Bos aues oï τentedu.
Il tint ſon ceual par le reſne τ ſa₎
mie par la main/ ſi conmencết aler
ſelonc le riue. Il les acena τ ils Bintrent a lui.
Si fiſt tất Bers aus qui le miſſent en lor nef/
τ qất il furết en haulte mer/ Bne tormente leua
grấde τ meruelleuſe qui les mena de tere en
tere/ tất quil ariuerết en Bne tere eſtragne τ
entrerết el port du caſtel de Torelore. Puis

—Douce amie, eh! que sais-je où?
Peu me chaut où nous allions,
En ce bois ou bien ailleurs,
Si toujours nous nous restons!
Ils passent les vaux et les monts,
Et les villes et les bourgs,
Tant qu'à la pique du jour
Ils arrivent à la mer,
Près du rivage.

Ici l'on dit, conte et fabloie.

Aucassin et sa mie descendirent donc, comme
vous venez de l'entendre; cela fait, il prit son
cheval par la bride et sa mie par la main, et tous

demāderēt q̃es tere ceſtoit/ τ oŋ lor diſt q̃ ceſtoit
le tere le roi de Torelore. Puis demāda qeɲ
ħoŋ ceſtoit ne ſil auoit gerre/ τ oŋ li diſt: Dil/
grāde. ¶ Il prent congie as marτeans τ cil le
conmāderēt a Diu. Il monte ſor ſoŋ ceual/
ſeſpee cainte/ ſamie deuāt lui/ τ erra tāt qil Ðint
el caſtel. Il demāde u li rois eſtoit/ τ oŋ li diſt
quil giſſoit denfent. Æt u eſt dont ſe fenme?
Æt oŋ li diſt q̃ele eſt eŋ loſt/ τ ſi i auoit mene tos
ciaɲ du pais. Æt Aucaſins loi/ ſi li Ðint a grāt
meruelle/ τ Ðint au palais τ deſcendi entre lui
τ ſamie/ τ ele tint ſoŋ ceual/ τ il monta u palais
leſpee cainte/ τ erra tāt quil Ðint eŋ le cāßre
u li rois giſſoit.

---

deux s'en allèrent ainsi le long du rivage, tant et
tant qu'ils aperçurent des mariniers auxquels ils
firent signal et qui, ayant abordé, consentirent à
les prendre avec eux dans leur nauf. — Une fois en
pleine mer, une tourmente s'éleva, si merveilleusement grande, qu'elle les mena de terre en terre jusqu'au port du château de Torelore. Ils demandèrent
quel pays c'était : on leur répondit que c'était le
pays de Torelore. Aucassin demanda quel en était
le roi, quel homme il était, et s'il était en guerre.
— En guerre, oui, et très-grande, lui répondit-on.
Lors, remerciant les mariniers, il prit congé d'eux,
remonta sur son cheval, ayant toujours sa mie devant lui, et s'en alla ainsi vers le château où il s'in-

Or se cante.

En le canbre entre Aucasis/

Li cortois ⁊ li gentis.
Il est Benus dusq̃ au lit
Alec u li rois se gist/
Par deuãt lui sarestit/
Si parla/ oes q̃ dist.
Diua/ fau/ q̃ fais tu ci?
Dist li rois: ie gis dun fil.
Mãt mes mois sera conplis

---

forma du roi.—Il est en gésine, lui répondit-on.—
Et sa femme ? — Sa femme est à l'armée, où elle a
mené tous les gens du pays.—Aucassin, entendant
cela, fut bien étonné. Il alla au palais, descendit
avec sa mie, et, pendant qu'elle gardait son cheval,
il monta vers la chambre où gisait le roi.

Ici l'on chante.

En la chambre entre Aucassin
Le courtois et le gentil.
Puis il s'en vient jusqu'au lit,
Où pour l'heure le roi gît,
Et s'arrête tout surpris.
Écoutez ce qu'il lui dit :

Et ge ſarai bié garis,
Dont irai le meſſe oir,
Si com mes anciſſor fiſt,
Et me grât gerre eſbaudir
Encontre mes anemis,

Nel lairai mie.

Or dient ꝗ content ꝗ fabloient.

Quât Aucaſins oi enſi le roi parler,
il priſt tos les dras qui ſor lui
eſtoiét, ſi les houla aual le canbre.
Il vit derriere lui un baſton, il le

—Diva! que fais-tu ici?
—Je suis en couche d'un fils.
Mon terme enfin accompli
Alors j'irai messe ouïr,
Comme mon ancêtre fit,
Et en guerre m'ébaudir
Contre tous mes ennemis,
   Sans y manquer.

Ici l'on dit, conte et fabloie.

Entendant le roi parler ainsi, Aucassin releva les
draps qui le couvraient et les jeta au milieu de la
chambre; puis, apercevant un bâton, il le prit et l'en
frappa si rudement qu'il dut le tenir pour tué. —

prist/ si torne/ si fiert/ si le bati tãt à mort le dut
auoir. Ha/ biau sire/ fait li rois/ q̃ me demãdes
Bos? Aues Bos le sens derue/ qui en me maison
me Bates? Par le cuer Diu/ fait Aucasins/
maluais siy a putain/ ie Bos ocirai se Bos ne
masies q̃ iamais hom en Bo tere denfant ne
gerra. Il li asie/ τ qãt il li ot asie: Sire/ fait
Aucasins/ or me menes la u Bostre senme est en
l'ost. Sire/ Bolentiers/ fait li rois. ⁋Il monte
sor Bn ceual τ Aucasins monte sor le sien/ τ
Nicholete remest es canbres la roine. Et li
rois τ Aucasins ceuaucierẽt tãt quil Binrẽt
la u la roine estoit/ τ trouerẽt la bataille
de pomes de bois Baumones τ de dueus τ

Ah! beau sire, dit le roi, que me demandez-vous?
Avez-vous donc le sens dérangé pour me venir battre
ainsi dans ma propre maison?—Par le cœur-Dieu!
répondit Aucassin, je vous tuerai, mauvais fils de
putain, si vous ne me jurez que jamais plus homme
de votre terre ne sera en mal d'enfant!—Le roi pro-
mit. Lors, Aucassin: Maintenant, sire, menez-moi
à l'armée où est votre femme. — Sire, volontiers,
répondit le roi.—Ils descendirent. Le roi monta sur
un cheval, Aucassin sur le sien, et, pendant que
Nicolette se réfugiait en la chambre de la reine,
tous deux s'en allèrent à l'armée. Au moment où ils
arrivèrent, la bataille était dans toute sa rage, une
bataille à coups de pommes sauvages, d'œufs et de

de fres fromages/ ꝇ Aucasins les conmencea
a regarder/ se sen esmeruella mlt duremēt.

Or se cante.

Aucasins est arestes/
Si coumence a regarder
Ce plenier estor canpes.
Il auoient aportes
Des fromages fres asses/
Et pums de Bos Baumones/
Et grans canpegneus caupes.
Cil qui miꝗ torble les gues
Est li plus sire clames.

---

fromages mous. Aucassin, voyant cela, fut grandement étonné.

Ici l'on chante.

Aucassin est donc resté,
Pris de grand étonnement.
Il commence à regarder
Ce combat en rase plaine,
Où les combattants se servent
D'œufs, de fromages, de pommes
Et de champignons coupés,
Engins d'un genre nouveau.
Quiconque avait mieux troublé
L'eau des ruisselets voisins

Aucafins li preus li ber/
Les coumence a regarder/

Sen prist a rire.

Or dient & content & fabloient.

ât Aucafins ðit cele merueſſe/ ſi
ðint au roi/ ſi ſapeſe. Sire/ fait
Aucafins/ ſont ceci ðoſtre anemi?
Oiſ/ ſire/ fait li rois. Et ðou/,
riies ðos ꝗ ie ðos en ðeniaſſe? Oiſ/ fait iſ/ ðo/,
ſentiers. ¶ Et Aucafins met le main a leſpee/
& ſe ſance enmi au/ ſi conmence a ferir a deſtre

Pour vainqueur était tenu.
Aucassin le preux baron,
En les voyant faire ainsi
  Se prit à rire.

Ici l'on dit, conte et fabloie.

Aucassin, allant vers le roi, lui dit : Sire, sont-ce
là vos ennemis? — Oui, sire, fit le roi. —Voudriez-
vous que je vous en vengeasse?—Volontiers.—Lors
Aucassin, l'épée à la main, se lança en pleine mêlée,
frappant d'estoc et de taille, à dextre et à senestre,
si bien qu'en moins de rien il tua un assez bon
nombre de gens. Il en eût tué davantage, si le roi,
courant au-devant de lui, ne l'en eût empêché en

ꞇ a ſeneſtre/ ſeꝩ ociſt mᵭt. Et q̃ᵵ li rois ꝟit
qui les ocioit/ iᵶ le prent par le frain ꞇ diſt: Ha/
biaꝩ ſire/ ne les ocies mi ſi faitement. Con/
ment/ fait Aucaſins/ eꝩ ꝟoles ꝟos q̃ ie ꝟos
ꝟenge? Sire/ diſt li rois/ trop eꝩ aues ꝟos fait.
Jl neſt mie coſtume q̃ nos entrocions li ꝟns
ᶩautre/ ciᶩ tornᵉᵵ eꝩ fuies. ⟨Et li rois ꞇ Auca/
ſins ſeꝩ repairᵉᵵ au caſteᶩ de Torelore/ ꞇ les
gens deᶩ pais diᵉᵵ au rois quiᶩ caſt Aucaſins
fors de ſa tere/ ꞇ ſi detiegne Micꞡolete aueuc
ſoꝩ fiᶩ/ q̃ele ſanꞡloit biᵉ femme de ꞡaut lignage.
Et Micꞡolete ᶩoi/ ſi neꝩ fu mie lie/ ſi conmen/
cea a dire.

Or ſe cante.

---

arrêtant son cheval par le frein.—Ah! beau sire, lui
criat-il, ne me les tuez pas ainsi!—Mais comment
voulez-vous que je vous venge autrement? demanda
Aucassin.—Sire, vous en avez assez fait; nous n'a-
vons pas coutume de nous entre-tuer ainsi les uns
les autres : nous nous mettons seulement en fuite...
—Ils s'en revinrent au château de Torelore, où les
gens du pays conseillèrent au roi de chasser Au-
cassin et de garder Nicolette pour son fils, cette
gente pucelle leur semblant femme de haut lignage.
Nicolette, entendant cela, au lieu de s'en réjouir,
s'en chagrina.

Ici l'on chante.

Sire rois de Torelore,

Ce dist la bele Nichole,
Vostre gens me tient por fole,
Qat mes doy amis macole,
Et il me sent grasse & mole.
Dont sui iou a cele escole,
Baus, ne tresce, ne carole,
Harpe, gigle, ne viole,
Ne deduis de la nimpole,

Ne vauroit mie.

—Sire, roi de Torelore,
Dit la belle Nicolette,
Vos gens me tiennent pour folle
Quand mon doux ami m'accole.
Plaise à Dieu, qui fit l'amour,
Que je reste à cette école !
Il n'est danses ni chansons
De harpes et de violes
   Valant cela.

Ici l'on dit, conte et fabloie.

*Aucassin, ayant avec lui Nicolette, sa douce amie
que tant il aimait, menait grande aise et beau déduit*

11

Or dient ℸ content ℸ fabloient.

ucaſins fu el caſtel de Torelore ℸ
Micholete ſamie/ a grãt aiſe ℸ grãt
deduit/ car il auoit auoec lui Mi∕
cholete ſa douce amie q̃ tant amoit.
Enco quil eſtoit en tel aiſe ℸ en tel deduit/ ℸ
vns eſtores de Saraſins vinrẽt par mer/ ſaſa∕
lirẽt au caſtel/ ſi le priſſent par force. Il priſſent
lauoir/ ſenmenerẽt caitis ℸ caitiues. Il priſſent
Micholete ℸ Aucaſins ℸ ſi loierent Aucaſins les
mains ℸ les pies/ ℸ ſi le ieterent en vne nef ℸ
Micholete en vne autre. Si leua vne tormente
par mer qui les eſpartit. ⟨Li nes u Aucaſins
eſtoit ala tãt par mer vaucrant q̃ele ariua au

---

au château de Torlore. Sur ces entrefaites survinrent par mer des Sarrasins qui donnèrent l'assaut au château et le prirent de force. Le château
pris, ils en emmenèrent captifs les habitants, parmi
lesquels Aucassin et Nicolette qu'ils jetèrent, celle-ci
dans une nauf, celui-là dans une autre, après lui
avoir lié les mains et les pieds.—En route une âpre
tourmente s'éleva qui sépara les navires les uns des
autres. La nauf où était Aucassin erra tant et tant
à la merci des vagues que, finalement, elle s'en vint
échouer devant Beaucaire, dont les habitants s'em-
pressèrent d'accourir pour la piller en vertu du
droit d'épaves. Ils reconnurent Aucassin leur damoisel, et ils en firent grande joie, ne comptant plus

castel de Biaucaire/ ꝛ les gens du pais cururent au lagan/ si trouerêt Aucasins/ si le reconurêt. Mât cil de Biaucaire Birent lor Damoisel/ sen fisent grant ioie/ car Aucasins auoit Biê mes u castel de Torelore trois ans/ ꝛ ses peres ꝛ ses meres estoient mort. Jl le menerent u castel de Biaucare/ si deuinrêt tot si Bome. Si tint se tere en pais.

Or se cante.

Aucasins sen est ales

A Biaucaire sa cite/

---

le revoir jamais, depuis trois ans qu'il était absent d'eux, trois ans pendant lesquels son père et sa mère étaient morts. Ils l'emmenèrent au château de Beau- caire où ils l'acclamèrent pour leur maître et sei- gneur au lieu et place du comte Garin. Aucassin tint sa terre en paix.

Ici l'on chante.

*Aucassin s'en est allé
A Beaucaire, sa cité ;
Le pays et le royaume
Sont bien gouvernés par lui.*

Le pais a le regne
Tint trestout en quite.
Jure Diu de Maiste
Quil li poise plus asses
De Nichole au Dis cler
Q de tot sen parente/
Sil estoit a fin ales.
Doce amie o le Dis cler/
Or ne Dos sai u gester.
Ainc Diu ne fist ce regne/
Ne par tere ne par mer/
Se ti quidoie trouer/

Ne ti ãsisce.

Mais, par Dieu de majesté !
Ce qui lui pèse le plus,
C'est Nicolette, sa mie,
Sa seule famille aussi,
Dont il se sent séparé.
—Douce amie au clair visage,
Je ne sais où vous chercher ;
Et pourtant il n'est pays,
Soit de terre, soit de mer,
Où je ne voulusse aller
Pour te chercher !

Ici l'on dit, conte et fabloie.

Or dient τ content τ fabloient.

r lairons Daucasins/ si dirons de Nicholete.¶Li nes u Nicholete estoit le roi de Cartage/ τ cil estoit ses peres/ τ si auoit .xii. frere toy princes u rois. Mât il virent Nicholete si bele/ se li porterent mlt grant honor/τ fisent feste de li/ τ mlt li demâderēt qui ele estoit/ car mlt san/ bloit bien gentiy fenme τ de haut. Mais ele ne lor sot a dire qui ele estoit/ car ele fu pree petis enfēs.¶Il nagierēt tant quil ariuerēt desoy le cite de Cartage/ τ qât Nicholete vit les murs del castel τ le pais/ ele se reconut q̃le i

---

Nous laisserons là Aucassin pour parler de Nicolette. La nauf où elle se trouvait était celle du roi de Carthage et de ses douze frères, tous princes ou rois comme lui. Quand ils virent Nicolette si belle, ils lui firent honneur et fête et lui demandèrent qui elle était, car elle leur semblait gentille femme et de haut lignage. Mais elle ne sut leur rien répondre, ayant été enlevée lorsqu'elle était encore garcelette. — On arriva bientôt à Carthage. A l'aspect des murs du château et de tout le pays environnant, Nicolette reconnut que c'était là qu'elle avait été élevée, et de là qu'elle avait été prise n'étant encore qu'une petite enfant; mais non si petite enfant qu'elle ne se rappelât

auoit efte norie ⁊ pree petis enfés/ mais ele ne
fu mie fi petis enfés ᷑ ne feuft bié ᷑le auoit efte
norie eŋ le cite.

Or fe cante.

Nichole li preus/ li fage/

Eft ariuee a riuage/
Doit les murs ⁊ les oftages/
Et les palais ⁊ les fales/
Dont fi feft clamee. Laffe/
Tant mar fui de haut parage/

---

bien avoir été nourrie dans la cité de Carthage.

Ici l'on chante.

Nicolette, bonne et sage,
Est arrivée au rivage.
En voyant murs et créneaux,
Tours, maisons et palais,
Elle dit en soupirant :
—Être ainsi menée, hélas !
Moi, fille au roi de Carthage,
Cousine de l'Amirant,
Par tous ces hommes sauvages !
Aucassin, gentil et sage,

O fille au roi de Cartage/
O cousine l'amuaffle/
Ci me mainnêt gent sauuages.
Aucasins gentix ⁊ sages/
Frans damoisiax honorables/
Dos dolces amors me haftent/
Et semonent ⁊ trauaillent.
Ce doinft Dix l'esperitables
Concor Dos tiengne en men brace/
Et q̃ Dos baiffies me face/
Et me bouce ⁊ mon Disage/

Damoisiax sire.

Honorable damoiseau,
Vos douces amours me poignent,
Et m'excitent, et travaillent.
Veuille Dieu, Père céleste,
Qu'encor vous tienne en mes bras,
Et que vous baisiez ma face,
Et ma bouche et mon visage,
  Damoiseau sire !

Ici l'on dit, conte et fabloie.

En entendant Nicolette parler ainsi, le roi de
Carthage lui jeta ses bras au cou, — Belle douce

Dr dient ꝛ content ꝛ faƀloient.

ât li rois de Cartage oi Nicho/, lete enſi parler/ il li geta ſes bras au col. ❡ Bele douce amie/ fait il/ dites moi qui Bos eſtes/ ne Bos eſmaiies mie de mi. Sire/ fait ele/ ie ſui fille au roi de Cartage/ ꝛ fui pree petis enfés/ Bié a pB. ans. ❡ Dât il loirent enſi parler/ ſi ſeurent Bié ꝗle diſoit Boire. Si fiſſent de li mlt grant feſte/ ſi le menerent u palais a grât honeur ſi conme fille de roi. Baron li Bourent doner Bn roi de paiiens/ mais ele nauoit cure de marier. La fu Bié iii. iors u iiii. Ele ſe porpenſa par ꝗel engien

amie, s'écria-t-il, dites-moi qui vous êtes? N'ayez pas peur de moi... —Sire, répondit-elle, je suis fille du roi de Carthage, et je fus enlevée il y a bien quinze ans. — Il ne fut pas difficile au roi et à ses frères de s'apercevoir que Nicolette disait vrai. Aussi lui firent-ils grande fête et la menèrent-ils en grand honneur au palais, comme il convenait à une fille de roi. On voulut lui donner pour baron un chef de païens, mais elle refusa, disant que pour l'heure elle n'avait cure de se marier. Au bout de trois ou quatre jours, elle songea aux moyens à employer pour retrouver Aucassin. Elle apprit à vieller, et, un jour qu'on la voulait forcer marier à un riche prince païen, elle attendit la nuit et s'en

ele poroit Aucasins qerre. Ele quist une uiele/
saprist a uieler. Tant con le uaut marier un
ior a un roi rice paiien/ τ ele senbla la nuict/ si
uint au port de mer/ si se herbega cies une poure
fenme sor le riuage. Si prist une erbe/ si sen oinst
son cief τ son uisage/ si qele fu tote noire τ tainte/
τ ele fist faire cote τ mantel τ cemise τ braies/ si
satorna a guise de iogleor. Si prist se uiele/ se
uint a un marounier/ se fist tant uers lui quil
le mist en se nef. ¶Il drecierēt lor uoile/ si na'/
gierēt tant par haute mer quil ariuerēt en le tere
de Prouence. Et Nicholete issi fors/ si prist se
uiele/ si ala uielant par le pais tant qle uint
au castel de Biacaire/ la u Aucasins estoit.

---

*fuit vers le port, où elle s'hébergea chez une pauvre
femme qui y avait sa demeurance. Là elle prit une
certaine herbe, en exprima le jus et en oignit sa
blonde tête et son blanc visage qui, du coup, en
devinrent tout noirs. Ayant ensuite fait faire une
cotte, un manteau, une chemise et des braies, elle
s'atourna en guise de jongleur, emporta sa vielle
et s'en vint vers un marinier qu'elle décida à la
recevoir en sa nauf. Les voiles furent dressées, ils
gagnèrent la haute mer et nagèrent tant et tant
qu'ils arrivèrent au pays de Provence, où Nicolette
aborda. Une fois à terre, la gente pucelle se mit à
errer çà et là, toujours viellant, jusqu'à ce qu'elle eût
atteint le château de Beaucaire, où était Aucassin.*

Or se cante.

A Biaucaire sous la tor

Estoit Aucasins Un ior.
La se sist sor Un peron/
Entor lui si franc baron.
Voit les erbes ꝛ les flors/
Soit canter les oisellons/
Menbre li de ses amors/
De Nicholete le prox/
Quil ot amee tans iors,

Ici l'on chante.

A Beaucaire, sur la tour,
Aucassin était un jour,
Entouré de ses barons.
Les fleurs jetaient leurs parfums
Et les oiseaux leurs chansons :
Il songeait à ses amours,
A Nicolette la belle
Qu'il avait si fort aimée,
Que tant il aimait toujours.
Il soupirait et pleurait.

Dont gete souspirs e plors.
Es vous Nichole au peron/
Trait viele/ trait arcon/
Or parla/ dist sa raison.
Escoutes moi/ franc baron/
Cil dayal e cil damont/
Plairoit vos oir un son
Daucasins un franc baron/
De Nicholete la prous?
Tant durerent lor amors/
Quil le quist u gaut parfont.
A Torelore u dongon
Les prissent paiien un ior.
Daucasins rien ne sauons.

Nicole au perron parut,
Tira sa vielle et puis dit :
—Écoutez-moi, francs barons,
Ceux d'en bas et ceux d'en haut.
Vous plaît-il d'oïr un chant
Sur les amours d'Aucassin
Et sa vaillante Nicole
Qu'il alla partout cherchant
Jusqu'en la forêt profonde.
Au donjon de Torelore,
Un jour, les païens la prirent.
D'Aucassin rien ne savons.
Mais Nicole la vaillante
Est au château de Carthage

Mais Nicholete la prous
Est a Cartage el dongon/
Car ses pere laime mlt/
Qui sire est de cel roion.
Doner li volent baron
Uns roi de paiiens felon.
Nicholete nen a soing/
Car ele aim ꞵy dansellon
Qui Aucasins auoit non/
Ja ne prendera baron
Sele na son ameor

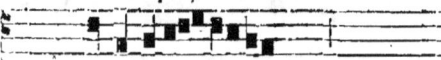

A tant desire.

Or dient a content a fabloient.

Dont le seigneur est son père.
On la veut donner à femme
A quelque prince félon;
Mais elle n'en a souci,
Car elle aime un damoiseau,
Lequel a nom Aucassin.
A lui seul elle sera,
Non à nul autre : c'est lui
Qu'elle désire!

Ici l'on dit, conte et fabloie.

ât Aucaſins oi enſi parler Micho/, lete iľ fu mľt lies/ ſi ľe traiſt dune part/ ſe ľi demâda.❡Biay dous amis/ fait Aucaſins/ ſaues Bos nient de cele Micholete dont Bos aues ſi cante? Sire/ oiľ/ iey ſai com de ľe plus france creature ꝛ de ľe plus gentiľ ꝛ de ľe plus ſage qui onꝗ fuſt nee. Si eſt fille au roi de Cartage qui le priſt la u Aucaſins fu pris/ ſi le mena ey ľe cite de Cartage/ tant quiľ ſeut bien ꝗ ceſtoit ſe fille/ ſi ey fiſt mľt grant feſte. Si ľi Beut oy doner caſcun ior Baroy Bn des plus haus rois de tote Eſpaigne/ mais ele ſe ľairoit ancois pendre u ardoir ꝗle ey preſiſt nuľ/ tant ſuſt rices. Ha/

En entendant ainsi parler Nicolette, Aucassin fut bien joyeux. Il la tira à part et lui demanda : Beau doux ami, ne savez-vous rien autre chose de cette Nicolette dont vous venez de nous chanter l'histoire? — Oui, sire, je sais que c'est la plus loyale, la plus sage, comme la plus belle créature qui fut jamais née. Elle est fille du roi de Carthage, à qui elle avait été enlevée dans son enfance, et qui lui-même l'a par rencontre enlevée avec Aucassin au donjon de Torelore. Il a été très-heureux de la retrouver; présentement, il lui veut donner pour baron un des plus puissants rois de toute l'Espagne. Mais elle se laisserait plutôt pendre ou brûler que de consentir à devenir la femme d'un autre qu'Aucassin,

Biax dox amis/ fait li qens Aucasins/ se vos
voliies raler en cele tere/ se li dississcies qle Venist
a mi parler/ ie vos donroie de mon auoir tant
com vos en oseries demāder ne prendre. Et sa/,
cies q por lamor de li ne voul ie prēdre senme/
tant soit de haut parage/ ains latent/ ne ia na/,
rai senme se li non. Et se ie le seusce u trouer/
ie me leusce ore mie a qerre. Sire/ fait ele/ se
vos cou faissies/ ie liroie qerre por vos ɤ por li
q ie mēt aim. Il li afie/ ɤ puis se li fait doner
xx. liures. Ele se part de lui/ ɤ il plore por le
douceor de Nicholete. Et qāt ele le veoid
plorer. Sire/ fait ele/ ne vos esmaiies pas/ q
dusqua pou le vos arai en ceste vile amenee/ se

---

cet autre fût-il le plus puissant et le plus riche
prince de la terre. — Ah! beau doux ami, s'écria le
comte Aucassin, si vous vouliez retourner au pays
où vit à cette heure Nicolette, et lui dire que je la
supplie de venir ici me retrouver, je vous donnerais
de bon cœur de mon avoir autant que vous en oseriez
demander ou prendre! Sachez que, pour l'amour
d'elle, je me refuse et refuserai toujours à prendre
femme, de si haut parage fût-elle. Dites-lui que je
n'aime qu'elle, que je n'aurai jamais d'autre com-
pagne qu'elle, que je l'attends, et que je l'eusse vitement été querir, si j'eusse su où. — Sire, si vous me
juriez cela, j'irais incontinent querir Nicolette, pour
l'amour de vous et aussi pour l'amour d'elle.—Au-

q̄ vos le verres. ¶ Et qāt Aucasins loi/ si en fu mlt lies. Et ele se part de lui/ si traist en le vile a le maison le visconteſſe/ car li visq̄ns ses parins estoit mors. Ele se hergala/ si parla a li tant q̄ele li gehi son afaire/ et q̄ le visconteſſe le recounut et seut biē q̄ cestoit Nicholete et q̄ele lauoit norie. Si le fist lauer et baignier et seiorner viii. iors tous plains. Si prist vne erbe qui auoit non esclaire/ si sen oinst/ si fu ausi bele q̄ele auoit onq̄ este a nul ior. Se se vesti de rices dras de soye dont la dame auoit asses/ si sassist en le canbre sor vne cueute pointe de drap de soye/ si apela la dame et li dist q̄ele alast por Aucasins son ami. Et ele si fist. Et qāt ele

---

cassin jura, puis il lui fit donner vingt livres. Comme elle allait s'éloigner, elle s'aperçut qu'il pleurait, tant était forte son émotion. — Sire, dit-elle, ne vous inquiétez point : avant qu'il soit peu, je vous l'aurai ramenée, je m'y engage. — Aucassin, joyeux, la remercia. Elle se retira aussitôt et s'en alla en la maison de la vicomtesse de la ville, car le vicomte son parrain était mort. Elle s'y hébergea, après lui avoir raconté ses aventures et s'être fait reconnaître d'elle pour la Nicolette qu'elle avait élevée. Elle se lava, baigna et reposa durant huit jours pleins. Au bout de ce temps, elle se frotta le visage d'une herbe qui avait nom éclaire, *s'en oignit avec soin, tant et si bien qu'elle redevint aussi belle*

Uint u palais/ si troua Aucasins qui ploroit &
regretoit Nicholete samie por cou q̃ele demou/,
roit tant/ & la dame lapela/ si li dist. Aucasins/
or ne uos dementes plus/ mais uenes ens aueuq̃
mi/ & se uos mostrerai la riens el mont à uos
ames plus/ car cest Nicholete uo duce amie qui
de longes teres uos est uenue q̃erre. ¶ Et
Aucasins su lies.

Or se cante.

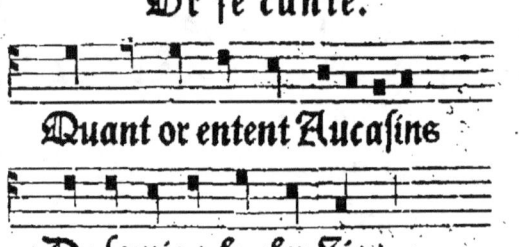

Quant or entent Aucasins

De samie o le cler uis/

que devant. Cela fait, elle se vêtit de riches draps
de soie dont la bonne dame avait provision, s'assit
en la chambre sur une courte-pointe de même étoffe,
et envoya son hôtesse querir son ami. — La vicomtesse s'en vint au palais, où elle trouva Aucassin
qui pleurait, regrettant sa mie Nicolette, qui tar-
dait trop à venir à son gré. — Aucassin, lui dit la
dame, ne vous lamentez plus et me suivez : je vous
montrerai la chose que vous aimez le plus au monde,
c'est-à-dire Nicolette, votre douce amie, qui vous
est venue rejoindre de lointains pays. — Aucassin
fut bien heureux.

Ici l'on chante.

Dele est Benue el pais/
Or fu lies/ ainc ne fu si.
Auoec la dame sest mis/
Dusqua lostel ne prist fin.
Ey le canbre se font mis
La u Nicolete sist.
Mât ele Boid soy ami/
Or fu lie canc ne fu si/
Contre lui ey pies sali.
Mât or le Boid Aucasins/
Andey ses bras li tendi/
Doucemêt le recaulli/

Quand Aucassin entendit
Que sa mie au clair visage
Était venue au pays,
Il accompagna la dame
Jusqu'à l'hôtel où Nicole
Les attendait tous les deux.
Ils entrèrent dans la chambre
Où sa mie était assise.
Lorsqu'elle vit Aucassin
Elle se dressa soudain
Et lui tendit ses deux bras
Où se jeta son ami,
Lui baisant la lèvre et l'œil.
Toute la nuit fut ainsi

Les eus fi Baiffe r le Bis.
La nuict le laifent enfi
Trefquau demain par matin
Q lefpoufa Aucafins.
Dame de Biaucaire ey fift/
Puis Befquirèt il mains dis
E menerèt lor delis.
Or a fa ioie Aucafins
Et Nicholete autrefi.
No cantefable prent fin/

Ney fai plus dire.

Explicit Daucafins r de Nicolete.

Jusqu'au lendemain matin,
Que l'épousa Aucassin,
Dame de Beaucaire en fit.
Ils vécurent de longs jours,
Menant le même déduit.
Heureuse était Nicolette
Et bien heureux Aucassin.
Ici mon récit prend fin,
Ne sais plus dire.

FIN.

ACHEVÉ D'IMPRIMER

le 15 juin 1866

aux frais

DE LA LIBRAIRIE BACHELIN-DEFLORENNE

PAR

BONAVENTURE, DUCESSOIS ET Cᵉ, A PARIS.

www.ingramcontent.com/pod-product-compliance
Lightning Source LLC
Chambersburg PA
CBHW060827250626
47162CB00005B/1970